新潮文庫

狂人三歩手前

中島義道著

新潮社版

8642

狂人三歩手前＊目次

生きていく理由

愛される恐怖

共感しない心

哲学という病

狂人三歩手前

生きていく理由

どうせ死んでしまう

生きていく理由はないと思う。いかに懸命に生きても、いずれ死んでしまうのだから。他人のために尽くしても、その人も死んでしまうのだから。日本のため、世界のため、地球のために尽力しても、やがて人類も地球もなくなるのに、なぜ「いま」生きなければならないのか。なぜ「いま」死んではならないのか。私にはどうしてもわからない。

私が死ぬと周りの人々が悲しむから？　でも、それも相対的なものである。そういう人々もまたじきに死んでゆくのだ。そして、この理屈は、誰も私の死を悲しまないとき、私は死んでもかまわないという結論を導く。テロリストの親玉でもいい、アメリカ大統領でもいい、誰かが（自分を含めて）地上のすべての人間を一瞬のうちに抹殺することを企《たくら》んだとしよう。あっという間に地球をまるごとふっとばすのである。すると、六十数億の人間の死を悲しむ者は「後に」誰も残らない。だから、これは許される行為ということになってしまうのか。

こう言うと、発育不全だと冷笑する人がいるが、そういう輩《やから》は頭が悪いのである。あるいは、自己欺瞞《ぎまん》のあまり感受性が麻痺《まひ》しているのである。いまこの雑文を読んでいる者は、すべて数十年のうちに地上から消滅するのだ。この雑誌が何万部刊行されているか知らないが、たぶん明日死ぬ者もいるんだろうなあ。まして、一カ月のうちに死ぬ者は何十人もいるにちがいない。

不本意に生き残った者たちも瞬時にして死ぬ。沈みゆくタイタニック号を呆然《ぼうぜん》と眺めながら涙を流していた人々も、戦地から帰ってきた息子の遺骨を前に泣き崩れた母親たちも、みんな死んでしまった。勝鬨《かちどき》を上げている人も、辛酸を嘗《な》めている人も、みんな消滅する。そして、まもなく地上には人間は誰ひとりいなくなる。それからしばらく経《た》つと、地球は巨大な太陽に呑《の》み込まれ、太陽系も崩壊し、銀河系も飛び散り、一雫《ひとしずく》も人類の記憶は残らなくなる。これが、われわれを待ち構えている未来の姿である。

先日チェーホフの『桜の園』を観《み》た。万年大学生のトロフィーモフが演説をぶつ。「現に人間が生理的にも貧弱にできあがっており、その大多数が粗野で、愚かで、すこぶるみじめな境遇にある以上、誇りとかなんとか言っても何の意味があるでしょうか。自惚《うぬぼ》れはいい加減にして、ただ働くことですよ」。すると、ガーエフが「どうせ死ぬのさ」とぽつりと言う。こう応じる彼は厭《いや》な奴《やつ》である。だが、恐ろしく「正しい」のだ。誰が何と言おうと、私はこのガーエフのように「どうせ死ぬのさ」と言いたくなる。強制収容所から必死の思いで生還しても、どうせ死ぬのだ。広島で被爆しながら生きながらえても、どうせ死ぬのだ。テロリストを撲滅しても、どうせ死ぬのだ。構造改革を断行しても、どうせ死ぬのだ。ひきこもりから抜け出しても、どうせ死ぬのだ。自殺を思いとどまっても、どうせ死ぬのだ。

六歳のころ、私は自分がやがて死んでしまうことをフッと身体《からだ》の底から直観して大ショックを受け、しばらく精神状態がおかしくなった。あれから、もう五十年近く「大変なことだ、大変なことだ……」と呟《つぶや》きつつ暮らしている。瞬間的に自分をごまかしても、「どうせ死んでしまう」という声がどこからともなく聞こえてくる。

私がもうじき死ぬこと、すべての人もやがて死ぬこと、そして数十億年後宇宙が終焉《しゅうえん》を迎えること、これらのことを数に入れずには、どうしても私には「いまここ」の現実が見えてこない。こうした背筋が寒くなるような未来を数に入れてはじめて、すべての問題は私にとって「現実的な問題」になるのである。だが、大学改革がテーマの会議の席で、私が「でも、ここにいるすべての人も人類も地球もどうせ滅亡するんですから」と発言したら、みんなあっけにとられるであろう。笑いの渦が巻きおこるであろう。すべからく「絶対的消滅」を考慮に入れて議論すべし、と要求するほど私はバカではない。それは、すべての会議を際限のない哲学議論に推移させることである。誰も（私も）そんなことは望んでいない。

だから、私は考えあぐんで「ぐれる」ことにしたのである。世の中のことはすべて、私にとって究極的にはどうでもいいのだ。どんな悲惨な事件が起ころうとも、どんな理不尽な政治が行われようとも、どんな感動的なドラマが実現されようとも、やっぱりどうでもいいのだ。みんな、どうせ消滅してしまうのだから。

成熟するとは「どうせ死んでしまうのに、なぜ生きるのか」という問いを忘れることであるのに、五十代の半ばにしてますますこの問いに、この問いだけにからめとられている。同年齢の男女たちは、さしあたり「絶対的消滅」を忘れて（忘れたふりをして）眼前の仕事に携わっている。この誌上でも、カンカンガクガクの議論をしている。それが大人の「たしなみ」なのであろう。だが、最近私はこの「たしなみ」が心底厭になってきた。ぐれつつも所を弁《わきま》えて――このコラムでのように――ときには「ほんとうのこと」を言いたくなってきた。王様の衣装を褒めそやす群衆のただ中で、ひとり「はだかだ！」と叫んだ男の子のように、なりふりかまわず「どうせ死ぬんだ！」と叫びたくなってきたのである。

老化現象であろうか。退行現象であろうか。二カ月前に母が亡《な》くなり、遺体をじっと眺めながらあらためて考え続けたことであった。遺体と私の傍らには、「死ぬのが怖い！」と叫んで母にとりすがって泣いた六歳のときの自分がそのままいた。それからちっとも成熟せずに、「邯鄲《かんたん》の夢」のように五十年が過ぎていった。

（二〇〇二年一月号）

妻と壮絶なバトル、くたびれ果てた

二〇〇一年から二〇〇二年にかけて、クリスマスは家族（妻子）が住むウィーンで過ごし、三人が別々の日に帰国してお正月は日本で一緒に過ごした。妻子は四年前の四月からウィーンに住んでおり、ユーラシア大陸を互いに往復する生活が恒例化している。

十二月二十二日の夕暮れウィーン着。十九区の自宅に着くと、粉雪が舞いはじめ、窓から見る裏庭は一面の銀世界。翌日、一昨年カトリックの洗礼を受けた妻とカーレンベルクの一つ前のバス停で降りて、雪に埋もれる小さな教会を訪れ、帰路グリンツィングで小さな樅《もみ》の木を買う……とこう書くと、いかにも自己陶酔的（辻邦生《つじくにお》的？）「ヨーロッパ病患者」に見えるかもしれないが、以上はわざとクサく書いてみただけ。

　雪も教会もクリスマスも樅の木も、じつは何の感銘もない。シュベヒャト空港に降り立っても「あっ、またウィーンか」という程度の感しか抱かないのだ。

　二十四日、二十五日そして二十六日（聖シュテファノの日）とカトリックの祝日は続く。一昨年は興味本位で妻にしっかり付いて教会に行ったが、今回は樅の木に飾りつけをしてすぐに、カトリックについて妻と激論になり、「そんなに俺の管理をするな！」と私は怒鳴りはじめ、やがて「別れよう」と提案すると、妻が突如私の首を締めようとし、それに無我夢中で抵抗し……というような派手な喧嘩《けんか》が勃発《ぼっぱつ》。夜になって落ちついてきて、「あなた、教会に行きますか」と誘われたけれど、憎らしいから「いや」と答えて、そのままベッドに横たわっていた。その後、くたびれ果てて、三日間私は家でボーッと寝ていたのだ。いつも、ウィーン到着後、妻との平和共存は三日ともたない。

　十七歳の息子は、こんなゴタゴタにはもう慣れっこで、ひとりで勝手に行動しており、二十五日に一足早く日本に帰ってしまった。ウィーンのＡＩＳ（アメリカンインターナショナルスクール）十一年生なのだが、ウィーンが嫌いで、休みごとに帰国していいという条件で、どうにか彼《か》の地に留まっている。授業は当然全部英語だが、ドイツ語とフランス語も取っている。ドイツ語はまあまあのようだが、フランス語はダテに取っているようで、先生に授業参観の折「うちの息子の問題点は何でしょうか」と聞くと、「何を喋《しゃべ》っているか全然わからないことです」という答え。英語はいつの間にか息子に抜かれてしまった。卒業に必要な単位が正確にわからず、息子が不満を漏らすものだから、スクールカウンセラーに手紙を書いた後、事実関係の確認のため息子に読んでもらったところ、三十分かけて冠詞や助動詞や仮定法など、膨大な箇所を直された。訂正箇所を見るとナルホドと思うものばかり。「もっと直したかったけど、傷つくから」とぐさりと言われた。

運動音痴の父親に似ずサッカーの花形選手で、ミュンヘン、フランクフルト、ブダペスト、パリ、コペンハーゲンなどへ遠征試合に出かけ、その地のＡＩＳの生徒の家にホームステイする。だから、ウィーンのわが家も時々ヨーロッパ中からサッカー少年たちを迎えている。

息子は日本にいても「小遣い、シリングでくれよ、いま円安なんだから」と生意気なことを言う。レートを正確に計算して「両替してくれ」と言うこともある。日本に帰る際も、若いんだから、高い直行便にする必要はない。「おまえ、安い券見つけたら帰っていいよ」。そのあげく、息子はシャルル・ドゴールやヒースローで五時間も待つ飛びきり安い券をどこかで見つけてきて、勇んで帰るのだ。

妻は正月準備のため二十八日に発《た》ち、私自身は十二月三十日、オイロ（ドイツ語ではこう発音する）への切り替えの二日前に帰国した。二年前、ケルントナーやグラーベンといった繁華街には派手なオイロの看板が夥《おびただ》しく立っていたが、二〇〇一年の年末はまるで嘘《うそ》のように静まり返っている。はたして二日後に本当に切り替わるんだろうか、という感じで帰国してみると、日本のテレビではオイロのニュースばかり。ああそうか、オーストリアのような小国は何事に関しても謙虚で、シリングが残ることなんか、誰も期待していない。でも、ドイツ人やフランス人はマルクやフランが消滅することが耐えられないんだな、そこを無理に納得しようとしてバカ騒ぎをしているんだな、傲慢《ごうまん》至極だと思った。

元日の晩は、楽友協会での小澤征爾《おざわせいじ》の指揮によるニューイヤーコンサートをテレビで観る。わが国のとくにインテリどもはこのニューイヤーコンサートが涙が出るほど好きなようなので「真実」を伝えると、ほとんどのウィーン人はこれをテレビでさえ観ない。ヨハン・シュトラウスなど、まして小澤征爾などどうでもいいのだ。ちなみに、国立歌劇場に入ったことがある人は、全ウィーン人口の五パーセント以下だと聞いたことがある。ウィーンにテレビのチャンネルは二十以上あるが、クラシック音楽番組は全チャンネルを通じても一週間に一度だけである。

そういえば、私の留学時代だから二十年以上も前になるが、ニューイヤーコンサート会場で面白いハプニングがあった。タキシード姿の若い男が二人、突如舞台に上がり全裸になったのだ。あれあれという間に取り押さえられたが、何でもゲイ差別反対のデモンストレーションだったとのこと。国立歌劇場の大統領主催の舞踏会には、わが国からも一夜漬けの「お嬢様」たちがアホヅラで参加しているらしいが、ここでもその当時場内で爆弾騒ぎがあり、まもなく紳士淑女たちの頭上に「こんな差別的な舞踏会反対!」という垂れ幕がスルスル降りてきた。健全なことである。

(二〇〇二年二月号)

窓から空を眺めていた

社会の事件にほとんど関心が湧《わ》かない。というか、微妙にかつ画然とマジョリティからずれているので、私が何を語っても相手にしてくれないと諦《あきら》めている。とはいえあえて語ってみると、例えば狂牛病のニュースで一番感ずるのは、私は肉は一切食べないので、みんな牛など金輪際食べなければいいのに、という感想だけである。

外務省の不祥事にも大した憤《いきどお》りは覚えない。NGOの人々は偉いと思うけど、私にとってアフガニスタンの支援など、実のところどうでもいいこと。雪印食品の牛肉偽装事件にも、特別怒りを感じない。ラベルを貼《は》り直すのに随分手間がかかったろうなあ、という感想だけ。みんな日々ズルをしまくっているのだから、こういう時だけ怒り狂った振りをしている人々が不潔に思えてならない。

こうして、右を向いても左を向いても「正義ゲーム」ばかり。私はとりわけ正義というものが、よくわからない。フェアであることが、何でそんなに貴重なのかもわからない。だが、社会生活の大部分は、この正義ゲームに参加することなのだ。正義の名の下に、自分を棚にあげて相手を足腰立たなくなるまで責めること、こればかりだ。それだけはしたくないと心に決めたとたんに、私は社会的にすることがなくなった。

正義ゲームと並んで、みんな「よくするゲーム」をしたがる。だが「よくする」ことなどほとんど念頭に浮かばない私にとって、教授会も教育委員会も就職説明会も、恐ろしく退屈である。だって、学生をよくすることにも、大学をよくすることにも、自分の研究をよくすることにも、私は全然興味がないのだから。

時折、テレビで国会中継を見るが、みんなが「よくする」ことに懸命になっている姿を見て、凝ったSF映画を見ているような興奮さえ覚える。あの議員は「国民のためになるのか！」と怒っているが、何で彼は国民のためばかり思っているんだろう？　「国会を侮辱するな！」と怒っているが、何で国会が侮辱されると困るんだろう？　わからないことだらけである。しかも、どうも演技しているのではなく「真剣に」怒っているようだ。だから、ますますわからない。

　とりわけ、私は組織という組織がうんざりするほど厭《いや》であり、家族という組織さえ嫌いである。家族を「よくする」ことなど、いままで考えたこともない。どんなに努力しても、私をはじめ妻や息子が「よくなる」ことはありえないと思っている。まして、自分の属するありとあらゆる組織は鬱陶《うつとう》しいだけ。勤務先の電気通信大学も日本哲学会も日本も人類も、滅びるなら滅びて一向にかまわない。

　と言うと「みんながそうなったらどうするんだ！」と青筋たてて怒る人がいるが、心配ご無用。絶対に「みんな」そうならないから。ウソだと思うなら、明日から「よくする」ことをなるべくやめる実験をしてみたらいかが？　普通人にとって、それはそれは難しいことがわかるでしょう。油断すると、つい「よくする」方向に走っている自分に気がつくから。なぜなら、そっちの方が断然ラクだからである。

　人から相談を受けることもなくなった。だって、相談とはいつでも「よくする」相談ばかりだから。

日曜日など朝から酒を飲んで、風呂《ふろ》に五回も入り、それでも時間が潰《つぶ》れないから、しかたなく「書く」。書きたくなくなれば、これもしかたなく「読む」。これも嫌になれば「考える」。私の最近の生活は、この三点セットに絞られている。だから、時間は恐ろしくゆっくり流れ、一日は子供のころのようにゆっくり過ぎ、一週間はなかなか経《た》たない。一カ月前のことなど、はるか昔の夢のようである。

先日、夕焼けが綺麗《きれい》だったから、教授会に出席せずにずっと研究室のソファに寝ころがって窓から空を眺めていた。その日の「事件」はただそれだけ。このまま、老いぼれて痴呆《ちほう》に崩れていくのも恐《こわ》いので、適度に刺激を与えるために何かなまましいことをしなければならない。だが、これがなかなか難しい。私はカネ持ちでもないのに、カネに対する執着がほとんどない。税金を払うのも嫌ではなく、もっと儲《もう》かりたいと思うこともない。だから、悪徳政治家や悪徳官僚が、カネを不正に巻き上げたというニュースを聞いても、あっ、そうという程度の感想しかない。

いまさら性的に放縦になるのもめんどうだし、旨《うま》いものを食いたいとも思わない。世のありとあらゆる権力装置からは、尻《しり》をからげて逃げ出すだけである。

それに、なぜか犯罪計画など、社会を「悪くするゲーム」にも、あまり食指が動かない。わざわざ私が社会を悪くするように大奮闘しなくても、もう充分悪いのだから心配はいらない。嫌いな人は掃いて捨てるほどいるのに、不思議なことに、私は人を殺したいという欲望がまったくなく、あまり人を傷つけたくもなく、苦しめたくもない。自分の心に尋ねてみると、どうも犯罪を犯したくない最大の理由は、そうすると拘置所や刑務所に入らねばならないからのようだ。あの軍隊のような規律には、到底耐えられるものではない。

こうして、どこかに人生を豊かにするために「ぐれる」材料はないものかとこまめに捜し回っているが、これが意外に見つからないのだ。そして、到達した結論は「勝手に生まれさせられて、もうじき死んでゆく」という残酷な状況に対してぐれるということ。というわけで、多彩な仕方でぐれようと企《たくら》んだが、どうもうまくいかず、老後は哲学的にぐれるしかないではないか！

（二〇〇二年三月号）

テロは
なかったのかもしれない

世の中は「宗男《むねお》・真紀子問題」で蜂《はち》の巣をつついたような騒ぎだが、「嘘をつくこと」にみんな真剣に怒っている（らしい）ことが大層面白い。

人間は容易に嘘をつくものであり、いや嘘を尊ぶものであり、けっして真実が第一に尊重されなかったことは、これまでの長い人類史が示す通りであるのに。大統領も医者も神父も裁判官も企業家も教師もこぞって嘘をつく。真実を語らない。なぜなら、すべての人が真実のみを語る社会とは、荒涼としたものであること、いやそもそも社会が成立しなくなることをみんな知っているからである。真実よりも重要なことは数限りなくある。例えば、社会の存続であり、組織の存続であり、個人の存続である。だから、国や会社や家庭や個人が存亡の危機にあるとき、人々は率先して嘘をつくのだ。

だが、同じ人があるとき夢から覚めたように嘘の告発にやっきになる。自分を棚に上げて、他人の嘘に怒り狂うのである。そのあいだだけ、みんな真実は最も大切だという振りをしたがる。自己欺瞞《ぎまん》に酔いたがる。もちろん誰ひとりとして、心の奥底ではこんなことを信じてはいない。ただ、一定の期間「真実ゲーム」に参加したいだけなのだ。それがフィクションであると知っていながら、「真実」という名の美酒に束《つか》の間《ま》酔いたいのである。パスカルとともに言えば、これもやはり「気晴らし」である。しかも、相当タチの悪い。

だが、哲学者という「ならず者」がいる。彼は、こうしたヤワな善人とは異なり、いかに反社会的であろうと、真実を真実であるがゆえに求めるという営みを遂行するふとどき千万な輩《やから》である。それをぬけぬけと「語る」ともなれば、かつて宗教裁判によって火あぶりにされたのもわかるというものである。

話が古くなるが、昨年九月の同時多発テロのとき、私の脳髄を激しく駆けめぐったのは次のような疑問であった。三千人を超える犠牲者は「他者」であるが、彼らの苦痛が「ある」とはいかなることか？　「意志の自由」がはなはだ疑問だとすると、あの事件は世界の開始から完全に決定されていたのではないか？　そして、今やあれから半年ほどたったが、過去が「ある」ことは自明ではないのだから、あのすべてはじつはなかったのかもしれない……。

私はこんなことばかり考え、そして時折語っているのだが、驚くべきことに、日ごろ口角泡を飛ばしてこういう議論を続ける哲学者仲間の誰ひとりとして、同じ問いをぶつけない。哲学議論は単なる知的ゲームではない。現実からよい「材料」が与えられたのに、彼らはなぜ議論しないのだろうか。

懐疑の嵐《あらし》に砕け散りそうになって、ようやく「われ思う、ゆえにわれあり」という一点にしがみついたデカルトは、断じて知的ゲームをしようとしたのではない。残酷にも、そう世界が見えてしまい、感じられてしまったに違いない。哲学は、徹底的な懐疑精神に裏打ちされているはずである。世界の存在をまるごと疑うというほどスケールの大きな懐疑がぐつぐつ湧き出るはずである。とはいえ、哲学者は単なる精神病患者なのではない。精神病と境を接しているが、どうにか論理の力によって持ちこたえている奇怪な存在者なのだ。

こうして、哲学者は、いかに反社会的であっても、真実を真実であるがゆえに求めそして語らなければならない。それが「フィロソファー（愛知者＝哲学者）」の定義である。だから、彼はあのテロで家族が犠牲になった人を前にしても、自分の懐疑に忠実であろうとするなら、「他者はいないのかもしれない、あの事件は決定されていたのかもしれない、すべてはなかったのかもしれない……」と語るべきなのだ。もちろん、論理を尽くして。

いうなれば、哲学者は観念的犯罪者である。観念レベルで、哲学者は他人をすべて消し去ったり、過去はないと言い張ったり、自由はないと確信したりするのだから。だが、これは非現実的な空想なのではない。哲学者とは本当にそういう異様な現実世界に生きているのだ。しかも、狂人ではないのだから、一方でこうした懐疑がことごとく世間の風に吹き飛ばされるのも憎らしいが、とはいえ他方、反社会的な言語を普通人を前にトウトウと語るのもやはり心地よくない。

このジレンマに呻《うめ》き声をあげ、私は五十歳になったのを潮時として、人生を「半分」降りて、人々と口裏を合わせることをなるべく止《や》めることにした。人生を完全に降りることは怖い。それは、悟りに至ることでなければ、狂気に陥ることである。

生きながら死ぬことである。私にはまだまだその勇気はない。

ソクラテスは、真実を真実であるがゆえに求め、死刑になった。だが、現代社会は寛大であるから、私は死刑にはならないようである。とすると、半隠遁《いんとん》を続ける私は、死刑にもならず、狂気にも陥らず、悟ることもなく、ただ人の心を逆撫《さかな》ですることをたえずぶつぶつ語って、それを周囲の者が少し哀れみをもって寛大に見てくれ、そしてある日ふっ、と息をひきとるのであろうか。やりきれない気持ちである。

だが、これが私の土地であり、私はそこを離れることはできないのだ。だからこそ、私は人々が嘘《うそ》の摘発に必死になっている健全な自己欺瞞の満開する光景をテレビで見ると、心がなごむのかもしれない。一瞬、自分も怒ろうと身構える。しかし、次の瞬間もう私は自分の意図を見抜いてしまう。やがて、鈴木宗男のジャガイモのような顔が、無性に愛らしいものとして私の目に映ってくる。

（二〇〇二年四月号）

不覚にも涙が出てきた

今年は、桜の開花がことのほか早かった。桜はまだかまだかとゆっくり待つからこそ、蕾《つぼみ》が開くと感動するのであり、二週間も早いとしらけてしまう。とはいえ、桜情報をちらほら耳にすると、そわそわ落ちつかなくなる。強風が吹けば、枝からもがれるように飛び散りはしないか、雨が降れば冷たく濡《ぬ》れているのではないか、気温が高ければいそいそ散り急ぐのではないか……と気になって仕事もできない。

こんなに気になるのだから、早いところ散ってもらいたいのだが、今年の花の命はことのほか長かった。あっという間に散ってくれれば、そこに行かなくては、ここに行かなくてはと思いつつも諦《あきら》めがつくが、こう長く咲いていると、まだ「義務感」が残っていて落ちつかない。去年は、ある編集者と千鳥ヶ淵を散策した。まさに満開であった。四月始めに訪れた京都の桜は五分咲きであり、平安神宮のしだれ桜はまだ蕾であった。毎年、親の住んでいる鎌倉《かまくら》の桜（鎌倉山、段葛《だんかずら》、八幡宮《はちまんぐう》）をぐるっと巡るが、昨年母が亡《な》くなったので、今年はパス。

今年のお花見はどこにしようかと思案しつつ、三月二十三日、たまたま私の主宰する哲学塾（「無用塾」）の日、いつもなら十時ごろまで議論するのだが、八時ごろ切り上げて、その後深大寺か井の頭公園にでも夜桜見物に繰り出そうと考えて家を出た。ハイデガーの「死」についての精緻《せいち》な議論も半分上の空、休み時間に塾生たちに聞いてみると、電通大の裏手に住んでいるC君が野川の夜桜のことを教えてくれた。毎年一度だけライトアップするという。それが今夜なのだという。そして、今年が最後だというのだ。これを聞いて、行かない法はない。野川までは大学から十五分程度であり、何も店が出ないだろうからと、若い者に酒を買ってこさせた。八時を回って、十五人くらいがぞろぞろ、花冷えの夜、背をこごめ酒を抱えて、野川に向かった。寒さを若干恨めしく思いながら、ほとんど期待もせずに。

だが……ああ、それはなんという光景なのだろう。並の明るさではない。まさに日本画における夜桜そのままに、数百本の桜が、闇夜《やみよ》に輝くように浮かび上がっているのだ。薄紅色の雲の群が波うっているようだ。何度も、私は飛行機がオホーツク海上空にさしかかると、朝焼けに染まる雲の峰を感動をもって眺めたが、それよりもっと幻想的でもっと繊細な雲の峰である。

少し離れて橋の上から眺めると、闇夜の中を、明るく照らされた桜の雲が、川の面《おも》に反射している。水は透明で冷え冷えとしており、かすかにさざ波をたてている。その水中に静かに沈んでいる桜の花々が、視点を変えるとさまざまな姿で浮かび上がる。なぜか、とても哀《かな》しい光景であった。「もののあわれ」とはこういうことなのかな、と思った。

だが、一応の感動が収まると、私の哲学者としてのサツバツとした関心が芽生えてくる。今年でこの感動的なライトアップも終わりだという。それは残念なことだが、どうせ桜も野川も人類も、もうじき（そう、せいぜい百万年すれば）すべて無くなってしまうのだから、特別残念なことでもない、と思い直した。

塾生たちは勝手にそぞろ歩きしている。酒を飲みだしているものもいる。中年や初老の男たちは、襟を立て、寒い寒いと呟《つぶや》いている。みんな目を輝かせ、嬉々《きき》とした表情である。「こんな綺麗《きれい》だとは思わなかった」という嘆息の声。そんな人びとを眺めやっているうちに、いつも通り電撃のように身体《からだ》全体を一つの思考が貫く。はたして、彼らは私が見ているこの光景と「同じ」光景を見ているのだろうか。まったく異なった風景を見ているのかもしれない。だが、それは一生かかっても確かめられないのだ。

桜の花の下、白色の光の中にぼんやり浮き立つ左右の人びとの顔を眺める。眼を見つめる。あの眼の奥には視神経があり、視覚中枢《ちゅうすう》がある。こうした物質の集合によって、なぜ「見える」のだろう。いま、おびただしい人びとの脳髄の中におびただしい数の桜が咲いているわけではあるまい。私は桜の美しさに酔いながら、十歳のころから抱き続けてきた疑問に酔っていた。正解は今後死ぬまで見いだせないであろう。でも、私がこれから感動的な場面に遭遇するたびに、こうした疑問に酔うことは確かであろう。

誰でも考えることである。だが、私が異常であるのは、こうした疑問に身体中浸されてしまい、酔いしれてしまうことなのだ。私が百何十億年前に誕生した何十億光年もの広大な宇宙の「いま・ここ」で、この夜桜に感動していること、この一期《いちご》一会《いちえ》が、とても哀しいことに思われてくるのである。

「先生、寒いからどこかに入りましょうよ。熱燗《あつかん》がいいなあ」という声が耳もとで聞こえる。九時で終了のはずが延長されて、九時半になると少しずつライトが消えてゆく。川縁《かわべ》りをそぞろ歩きしながら別れを惜しんでいると、向こう岸に山のように巨大な桜が光を一杯に浴びて闇の中から浮き立っている。私は一瞬息を呑《の》んで立ち止まる。柵《さく》にもたれかかって、その一塊の華やかな雲を見ているうちに、不覚にも涙が出てきた。桜の美しさに感動した涙なのか、私が投げ込まれた世界の不思議さに感動した涙なのか、あるいは去年、癌《がん》で半年あまりの命と宣告された母と鎌倉山に行ったとき、これが最後のお花見だとわかっていた母が、いつまでも頭《こうべ》を巡らして桜を眺めていた姿を思い出しての涙なのか、判然としない。

「先生！」という声も聞こえなくなった。ふと見回すと、塾生たちはみんな消えている。

（二〇〇二年五月号）

みんな私から顔を背ける

最近の青年は「指示待ち人間」であると大人たちは嘆きながら、どうもそういう人間を必死になって造りたいようだ。

大学内に限っても、まず新入生に対するガイダンスの多さには驚く。入学式のあとに、各学科のガイダンス。それからバスを連ねて白樺湖《しらかばこ》に行き、一泊二日にわたる大学生活一般についてのガイダンス。その後、第二外国語選択のためのガイダンス。それに、教官をまじえた新入生歓迎会、というわけで、授業が始まったと思ったら連休に突入である。さらには、卒業研究のためのガイダンス、就職活動のためのガイダンスが念入りなかたちで続く。まさに、ガイダンス、ガイダンスの行進なのだ。

これには教師も含めた全員参加がほぼ義務づけられており、しかも真剣に参加しなければならない。「いいかげんな態度で卒業研究のガイダンスをしている教員がいますが、これでは学生たちや親たちが悲しむでしょう」というメールを全教員に流す先生もいて、矛先が私に向けられていることははっきりしているのだが、こうも考えが違うと怒る気にもなれない。とくに、その先生がとても「いい先生」なので。

こうして、管理化が進んでゆく。集団主義が蔓延《まんえん》してゆく。私は大学生ともなれば、基本的にはすべて自己責任、つまり第二外国語に何を取っていいのかわからないのも、成績が不良なのも、卒業研究のテーマが決まらないのも、就職できないのも、留年せざるをえないのも、全部本人の責任だと思うのだが、学生たちはああしてくれ、こうしてくれと要求し、それに先生方は懇切丁寧に対応し、しかもそうでない教員を白い眼で見るのである。

単位不足学生のための面接もしたことがある。複数の教員が理由を聞く。眼前の学生は「なんとなく出たくないから」とぼそっと答える。「それで君いいの？」と隣の温厚な老教授が聞いているが、私は「いいんじゃないの、本人が勉強したくないんだから」と肚《はら》の中で呟く。

どの会議に出ても、全体の空気が「なるべく放っておく」という私の信条から徹底的にズレているので、話す気力もなくなる。私は、大学のみならず津々浦々に蔓延しているこの「日本的空気」を一掃する文化大革命を起こそうなどという野心はない。そのとき、多くの学生は単位が取れなくなるかもしれず、卒業研究ができなくなるかもしれず、就職できなくなるかもしれず、大学は潰《つぶ》れてしまうかもしれない。私はそれでもいいと思っているのだが、そういう無責任な態度で発言しても、だれも聞いてくれないだろう（だから、姑息《こそく》なやり方で『新潮45』に「個人的感想」を書くのである）。

とはいえ、先日の第二外国語選択のガイダンスの際、怒りが爆発した。少し遅れて入場すると、学生たちは広い講堂の後ろのほうにぽつぽつと席を占めている。若い先生方が「前に座ってください！　前に座ってください！」と怒鳴っているのに、いっこうに動こうとしない。しばらく観察していたが、私は席を立って、後ろに座っている学生たちに「君たち、日本語がわからないのか！　前に座りなさい！」と大声で命じ、一人一人指さして前に行かせた。その後も入ってくる学生たちが次々に後列の席に座るものだから、後方に陣取って羊飼いのように彼らを前方に駆り立てる。教員たちは声が嗄《しわが》れるほど叫びながら、何の効果もないのにまったく意に介さない。学生たちも、いま眼の前であんなに要求されているのに馬耳東風という面持ちである。こうした共謀構造が、この国の至る所に「ああせよ、こうせよ」というバカ管理放送を産み出し、しかもそれを聞かない耳を製造しているのだ。前に行きたくないというはっきりした反抗的態度なら許せる。しかし、がっかりしてしまうことに、すべての学生は私の指示に「すみません」と頭を掻《か》きながら従うのだった。

はじめに、ドイツ語とはどういう言語か説明をするように進行役のM先生に言われたが、そんなことは何かの本でも読めばいい。サッと片付けて、「いまのように、言語を学ぼうとするのに、言語を信じない君たちの態度こそ一番変えねばならないことだ」と演説した。舞台上から見渡すと、どの顔もくったくなくて「いい子」ばかりに見える。次に各先生が、教科書はこうこう、授業の進め方はこうこう、成績評価はこうこう、と丁寧に自分の授業を紹介する。私の授業紹介の番になる。先の話に続けて、「個人が自分の判断で動けるような外国語を教えたい」と語る。みなきょとんとしているので、「本当はこんなガイダンスも大嫌いなんです。私の授業に来たくなければ来なくて結構です」と爆弾を投じた。

全員の先生のガイダンスが終わると、各先生が適当な距離をおいて講堂内に散らばり、学生は取りたい先生のところに集まる。ワイワイガヤガヤ、学生たちはみな私の前を素通りしていく。ふと気がつくと、眼前に学生が四人ほど申し訳なさそうにつっ立っている。あらためて見回すと、ほかの先生方の周囲には黒山の人だかり。あとで非常勤講師の先生方に聞いてみると、平均して学生数は十五〜二十人だという。この落差が如実《にょじつ》に物語っている。つまり、学生は手取り足取り教えてもらいたいのであり、教員は手取り足取り教えたいのであり、そうでなければみんな顔を背けるということを。

だが、私はそんなに落胆したわけではない。去年も群を抜いて最低の六人だったのだから。そして、卒業研究のガイダンスでも「各人が自由にやること」をひたすら強調した結果、私のところに来た学生は、たった二人だったのだから。

（二〇〇二年六月号）

悪の研究会

哲学仲間たち数名と「悪の研究会」なるものをつくり、約一年になる。世の中のありとあらゆる悪について議論する場であるが、とくに哲学的に悪という概念をつめていく場でもある。ひところ巷《ちまた》ではやった「人を殺してなぜ悪い？」と問うときの「悪い」に籠《こ》められた意味を探究するというわけだ。「人を殺してもよい」と主張する人は「よい」と言っており、たしかに「悪い」と「よい」とは意味が違うのだから、その違いを明確にしたいわけである。

こうした展望のもとに、これまでカントやら、ショーペンハウアーやら、レヴィナスやら、ラカンやら、親鸞《しんらん》やらを出汁《だし》に、さまざまな悪論を瞥見《べっけん》してきた。しかし、ついつい座礁《ざしょう》してしまう。断続的に、自己嫌悪《けんお》に捕らえられる。そこに集まっているメンバーはみんな前科はなく、人を殺したこともなく、強盗に入ったことも、強姦《ごうかん》したこともなく、電車の中で痴漢したことさえ（たぶん）なくて、つまり頭から爪先《つまさき》まで反吐《へど》の出るほどの善良な市民でいて、冷房（暖房）の効いた清潔な部屋で、悪についてカンカンガクガクの議論をする……、このすべては一体何なのか、という疑問がぐつぐつ立ちのぼるからである。悪について「議論すること」と悪を「実行すること」とのあいだには太平洋のようなギャップがあるのだ。

議論のうえでは、人を殺しても悪くないと言い張ることができても、メンバーの一人でも実際に殺人行為に及んだら、われわれの「悪の研究会」は維持できなくなるであろう。われわれの悪についての議論は、実際に殺人を犯し、死刑が確定した者の心をわずかでも惹《ひ》かないであろう。いや、ただひたすら嫌悪の感情をもって迎えられるであろう。唾《つば》を吐きかけられるであろう。強姦され殺された娘をもつ親には、それが悪であることは確実であり、それについてウダウダ議論しているわれわれを殴り飛ばしたくなるであろう。

このことをわれわれは知っている。つまり、死刑囚の前で、子供が誘拐され殺された親の前で、われわれは沈黙する以外にないのである。それは社会的配慮と言って片付けられる問題ではない。「倫理学」という学にまつわる根本的問題であるように思われる。悪についての議論がはじめから虚《むな》しいのなら、倫理学ははじめから虚しいのである。そうではないとするなら、われわれは実際の悪行とは別に悪について思索すること、議論することそのことの意味を問わねばならない。犯罪者に犯罪被害者に頭を垂れているだけでは、哲学は開始しない。

ふたたび問おう。悪について「机上の空論」を重ねることに何の意味があるのだろうか？　私なりにずっと考えてきたことである。そして、最近おぼろげながらわかってきたことがある。哲学は一般生活にはほとんど役に立たないが（いや、かえって円滑な市民生活を妨げるが）、別の効用がある。それは宗教的な「救い」とも別であり、ごまかさないで真実を見る勇気を持つという効用である。

おうおうにして、われわれは自分の中の悪を見逃しがちである。好機が巡ってくれば、そしてバレなければ、あいつを陥《おとしい》れたかった、こいつに復讐《ふくしゅう》したかった、あの金を着服したかった、あの女をものにしたかった……と一度も考えたことがない人がいるであろうか。そうしないのは、ただただ世間の眼が怖いだけではないのか。

田代《たしろ》まさしがまたまた風呂場《ふろば》を覗《のぞ》いてつかまったというニュースが流れたとき、多くの「有名人」が「彼は病気ですよ」とか「われわれの恥ですねえ」と平然と語るのを聞いて「バカ言え！」と叫んだ。みんなバレなければ、風呂場を覗きたいんじゃないの？　万引きしたいんじゃないの？　ウザッタイ奴《やつ》は撲滅したいんじゃないの？

倫理学には「善を導く」効用があるとアリストテレスは信じていたが、それは間違いだったようだ。哲学に「善を導く」という効用はない。それは、哲学に過分な期待をかけることであり、世の哲学者たちの下賤《げせん》極まる顔を見れば、たちまちそんなこと夢のまた夢であることがわかる。私も、哲学のおかげで「道徳的に高まった」という人にいまだかつて一度もお目にかかったことがない。噂《うわさ》を聞いたことさえない。道徳的に高まりたかったら、哲学など捨てるに限る。

しかし、道徳的に高まることを完全に諦《あきら》めること、そうした自分を自覚し、「ぐれて」生きること、そのためなら哲学は少々役に立つかもしれない。世間の眼も恐ろしいし、といって自分の欲望もうまく操作できないし、といって潔《いさぎよ》く犯罪者になる勇気も自殺する勇気もないし、狂気に陥るのも怖いし、といって善良な市民として晴々と生きるのも気持ち悪いし……あれも厭《いや》、これも厭、とぐずぐず視点が定まらない、そういう優柔不断の女々《めめ》しい（これ差別語？）輩《やから》は哲学に適性がある。悪に憧《あこが》れつつも悪を実行するだけの勇気もないままに、思考の上では限りない過激派で、悪に「ついて」たゆまぬ研究を続け、つまり最も狡《ずる》い仕方で悪にかかわって、うさ晴らしするしかないのである。

研究会のあとは、連れ立って飲みに出る。みんな、和気あいあいと本日の悪論について語りつづける。これからも内的悪はふんだんに追求しながら、外的悪は慎重に避ける、と各自心底確信しながら。「悪の研究会」とは、こうした自虐《じぎやく》的趣味の溢《あふ》れる悪の集団である。どなたか興味のある方、入りませんか？

といって、あなたが「ほんとうに」悪を犯しそうだったら、お断りします。そんな「悪い」人が来ては困ります。

（二〇〇二年七月号）

つまらない、つまらない

最近は何をしてもおもしろくないので、酒ばかり飲んでいる。この前も大学の講義を終えてグッタリし、最寄りの仙川駅で降り、どうせ家に帰って飲んでも同じことだからと、駅前で一番汚くて安い酒場（スミマセン）に入った。最近駅前はファッショナブルに変身して、どこも若い人が溢れているが、ここだけは冴《さ》えない中高年の男たちの溜《た》まり場。七十歳位の婆《ばあ》さんひとりが「ウエイトレス」。耳が遠いので注文は三度言わねば通じない。それでも、「ナス焼き！」と大声で頼んだのに「冷や奴《やっこ》」を持ってきたりする。すべての客に「おにいさん」と呼びかける。彼女も「おねえさん」なのだから、まあ違和感はないが。私がその汚い店に入る理由は、とてもつまらなくなったとき、もっとつまらなくなるためである。人生にくたびれた男たちばかり周りにいると、予定通りずんずんつまらなくなってゆき、酒がよく回ってくる。

四合空けて出ようとすると、常連が「駅前で津軽三味線やってるぞ」と言いながら入ってきた。酒場を出、駅にとって返す。なるほど、小柄な青年が真剣な面持ちで三味線を弾いている。周りに十人ほどの人垣。休憩のとき話しかけてみる。「本職は農業ですか？」と聞くと吹き出す。これが本職なのだそうだ。

そのまま家に帰ったが、何もしたくないので、作務衣《さむえ》に着替えてまた駅に向かう。まだ演奏している。そのうち、七十五歳くらいの婆さんが近寄ってくる（どうもこの日は婆さん日和《びより》だ）。「二人でサクラをしましょう」という提案。それまで若い子たちとしていたのだけれど、帰っちゃったから今度はあなたとしたいということだ。まあいいやと、婆さんと二人でコンクリートの地面にぺたりと腰を降ろす。私が後ろを振り返ると、「後ろ向いちゃダメ！」と叱《しか》りつける。サクラとわかってしまうからだそうだ。電車が着くたびに、どっと改札口から群衆が吐き出され、半数が足を止める。婆さんと私は、そのたびにブリキの箱にコインを投げ入れる。そして、曲が終わるたびに盛大な拍手をする。それを見ていた若い男が、私に「お師匠さんですか？」と問いかけてきた。作務衣を着ていたからであろう。津軽三味線の師匠と思われて悪い気はしない。ふたたび演奏に入る。とはいえ、曲はじょんがら節とリンゴ節の二曲だけ。曲間のトークもまったく同じ。「みなさん、青森と言えば果物は何ですか？　バナナですか？　スイカですか？（笑い）違いますよね。リンゴです。では次は「リンゴ節」という具合で、サクラとはいえ、これを七回も八回も聞いていると、笑う気がしなくなる。

十一時を過ぎて、そろそろ帰り支度というとき、数人の若い男女が彼に近づく。桐朋《とうほう》卒の女優のタマゴは、今はチンドン屋で修業しているという。枯れ木のように細い男は元俳優だという。あとは、慶應《けいおう》の女学生と彼のマネージャーと婆さんが残った。私は「みんな、おごってあげようか」と提案して、汚い酒場とは別の酒場に入る。六人がぞろぞろついてくる。中に入ると誰かが、私の風貌《ふうぼう》と歳《とし》からであろう「赤軍派みたい」と言った。津軽三味線の師匠プラス赤軍派か、まんざらでもない。だが、私のうちで急速に後悔の念が強まる。それまでは非日常的でおもしろかったが、それからは各自将来の希望を述べたり、住所を教え合ったり……フッーの世界の扉が開かれる。退屈なことこの上なし。全員の勘定を払って、仕事があるからと三十分でその場を出た。カッコつけた自分を修正するかのように、階段でよろけてしまった。

「無用塾」の塾生の一人から自分の出演する舞踏に来てくれという（招待券なしの）手紙をもらい、西荻《にしおぎ》の芝居小屋に出かけた。岩のような体型のKさんが、褌《ふんどし》一つの恰好《かっこう》で、両手に水の一杯入ったバケツを持ち、大声で「見上げてごらん、夜の星を……」と歌う。同時に、眼をひんむいたり、激怒したり、けらけら笑ったりする。これがいつまでも続く。そのうち、バケツをくるくる回し始め、水が四方に飛び散る。それでも「見上げてごらん、夜の星を……」だ。場内爆笑の渦。私も笑い通しだったが、さて彼は何を訴えたいんだろうと考えてみても、皆目わからない。

先日あるパーティで山田詠美《えいみ》さんに会った。相当酔ってから、クレオパトラとインディアンを合成したようなファッションの詠美さんに近づく。二度私の本の中で引用したことがあるので、もしやと彼女の背中に向かって「山田さーん」と呼びかけてみた。すると、意外に「あっ、中島さん」という認知反応で、しばらく話が弾む。尖《とが》った銀色の爪が眼の前でゆらゆらする。中上健次が「文学を取ったら、ただのアバズレだ」と彼女を評していたことが印象深く、私もそうなりたいんだけど学識と教養が邪魔してなれない、と言ってみた。ホンネである。学識と教養も業界では中の下程度であるが、疑いなく詠美さんよりはあるもんネ。

アバズレのままで文壇の頂点（近く）にたどり着くというのは、天才だということだ。同じパーティ会場にいた町田康《こう》さんもそうだけれど、彼らは外見も優雅で、「ぐれ方」もとてもカッコよくて、私なんぞ逆立ちしても真似《まね》できない。山田さんはある雑誌に「ついでに、（中島さんに）好意を持ったりもしません。偏屈なおじさん苦手だから」と書いていたけれど、私も同じかな。相手があまり有名人だと、好意を持ちたくなくなる。軽薄で卑屈な感じがするから。

というわけで、時にはおもしろい出会いもあるけれど、人生まあつまらないね。何か、もっとおもしろいこと知っている人、教えてくれませんか？

（二〇〇二年八月号）

夏には哲学がよく似合う

夏だ！　哲学をしよう。夏と哲学は相性がいい。哲学には夏服が似合う。もちろん喪服も似合うが。

灼熱《しゃくねつ》の太陽のもと、みんなもうじき死んでしまうことを考えよう。海辺で、若者たちの健康な褐色の肉体も、優雅に水上をすべっていく白いヨットの群れも、波が飛沫《しぶき》をあげて打ち寄せる砂浜も、あの残酷な太陽も、もうすこしで無くなってしまう。

私は若いころから、夏の海岸に出ると、哲学的気分が高揚したものだった。とくに七里ヶ浜がいい。遊泳禁止区域であり、波はことのほか高く、黒いイルカのようなスーツに身をくるんだ夥《おびただ》しい数のサーファーたちが波間に出没する。海岸線は広く眺望が利《き》いて、しかも哲学的雰囲気を粉砕する海の家もバカ放送もなく、哲学的雰囲気を色褪《いろあ》せさせる幸福そうな家族連れも少ない。若いころ、その砂浜にひっくり返ってぎらぎらした太陽をまともに全身に受けて、いま太陽から発した熱線が地上の自分の身体《からだ》に到達していることを、地球と太陽とを取り囲む暗黒の宇宙のことを、その終焉《しゅうえん》のことを考えていた。残酷だなあ、とため息が出る。だが同時に、その残酷さがなぜか非常な快感なのだ。

サングラスの向こう側で、次々に雲が風に流されていく。時々うとうとと眠り込む。遠くから波の音に混じる人びとの声、踏切のカンカンという音、車のタイヤがきしむ音がぼんやり聞こえてくる。そうして、いま自分が真夏の砂浜にひとり横たわっていることに気づく。ずっとこうしていたいという気持ち。海からの風は心地よい。汗がたらたら額から流れ、腹も両脇《りょうわき》もぐっしょり濡《ぬ》れている。

しかし、こうした雰囲気的な情感に浸ることが哲学することなのではない。メルロ＝ポンティは言う。「真の哲学とは世界を見ることを学びなおすことである」（『知覚の現象学』）。私はただよい気持ちでうつらうつらしているわけではないのだ。

脳髄の中はくるくる思考が回転している。貧弱な身体を晒《さら》して汗に塗《まみ》れていることの「私」とは何なのか？　いま、剝《む》き出しの脚に触れているこのざらざらした砂の感触は、なぜいま私だけが感じているのか？　太陽が眩《まぶ》しい「いま」という時、それは何なのか？　太陽から私の身体までのこの空間とは何なのか？

このごろとくに考えることと。それは、「見えるもの」は「見えないもの」に支えられてはじめて見えるということだ。空間は見えない、時間は見えない、いまここに開かれているこの風景以外の世界は見えない、過去も見えない、私も見えない、私の脳髄も見えない、他人の心も見えない……膨大な数の「見えないもの」に支えられて、特定の風景がいま眼前に広がっている。

ここにメルロ＝ポンティとカントを繫《つな》ぐ線があるのではないか。カントの言う「経験を可能にする条件」とは、「見えるもの」を見えるようにする「見えないもの」なのだ。フムフムいいぞ、いいぞ……。哲学者とは、夏の海岸でも、こういうことを絶えず考えているヘンな奴《やつ》である。

メルロ＝ポンティは次のようにも言う。「哲学者とは、目覚めそして話す人間のことである」（『眼と精神』）。「目覚めている」とは、絶えず周囲世界を見ているということである。そして「話す」とは、それを絶えず言語化しているということである。この条件さえ満たせば、誰でも哲学者になれる。というより、すでに哲学者である。

いや、もう一つの条件を加えておこう。どんな場合でも、周囲世界に埋没していないこと。われを忘れていないこと。いかなる事件が起ころうが、適度な距離をもって冷静に世界を眺めていること。つまり、「冷たい」厭《いや》な人間であること。プラトンは哲学の開始を「驚き」と言ったが、ひとの驚くことに驚かず、ひとが驚かないことに驚くと言い換えてもいい。テロが起ころうが、いかなる残虐《ざんぎゃく》な事件が起ころうが、驚かないが（私は地下鉄サリン事件にもアメリカの同時多発テロにも全然驚かなかった）、「見えること」の不思議さに驚き、いつも「いま」であることの不思議さに驚く。

思うに、女性に哲学者が皆無なのは、こうした「驚きのズレ」がないためかもしれない。少なくとも、私は五十数年にわたる人生において、こういう驚きのメカニズムを有した女性にお目に掛かったことがない。もちろん、不安定なあるいは病的な精神をもった女性はいくらでもいる。しかし、一通り社会生活をこなしていて、しかも「いまとは何か」という問が絶えず脳髄の中で唸《うな》り声をあげている、という女性に遇《あ》ったことはないのである。夏の浜辺で、ある女性が太陽に身を焼きながら「いまとは何か？」と考えていることを想像するのは難しい。

それは、いかなる文化にも共通の根源的な両性の差異であるように思われる。女性たちは「世界の安定性」に対する懐疑を抱かない。ふっと抱くかもしれない。しかし、それを執念深く追究しようとしないのだ。次の瞬間世界はがらがら崩れるかもしれない、という不安感がない。彼女たちの悩みは「世界の中」での悩みであり、「世界の枠」そのものに関わる悩みではない。それは、彼女たちが生物体として劣っているからではなく、優れているからである。

男性の不安定性と哲学とは直結している。犯罪者も、自殺者も、精神病者も、性的倒錯者も、ひきこもりも、圧倒的に女性より男性のほうが多い。哲学者も、疑いなくこうした反社会的グループの一員なのである。

（哲学的な）男たちよ！　真夏の海岸で身を焦《こ》がしたら、漆黒の蒸し暑い夜、反社会的行為に向かってまっしぐらに没落していこう……。

（二〇〇二年九月号）

愛される恐怖

「ぼくは死ぬ、ぼくは死ぬ……」

六歳のときから漠然と考えていること、二十歳のときに大森荘蔵《しょうぞう》先生に出会って哲学をしようと決意してからとくに考えていること、そしてまた最近必死に考えていること、それは「私」とは何かということである。

なぜなら、「私」というあり方は私にとってあまり安定していないからである。子供のころ、いじめられていたわけではなく、親から虐待されていたわけでもないが、ずいぶんひどい精神状態にあった。私は、毎日、いや毎時間、いや刻々と「死ぬのが怖い！」と心のなかで叫んでいたのである。六歳から五十年間この叫び声は消えない。多くの人もそうかもしれない。だが、私の場合はほとんど病気で、しばしばこの叫び声は六歳の少年であった私の身体《からだ》を駆けめぐり、私を呆然《ぼうぜん》とさせ、疲れ果てさせ、狂気の境まで連れていった。

そのころ、私はよく（いまだからわかるのだが）離人症の症状を示していた。独りになったとき（というのは、そうでないとみんなから危ぶまれるから）、何をしてもつまらないから、「ぼくは死ぬ、ぼくは死ぬ、ぼくは死ぬ……」というおまじないをかけはじめる。オナニーをしようとするときのように、うしろめたい気持ちを抱いて、しかも何かを期待して、「そうだ、あれをしよう」と思う。すると、やがてアラジンの魔法のランプを擦ったときのように、世界は屈折して相貌《そうぼう》を一変させ、私は魔法の絨毯《じゅうたん》に乗った少年のように上空に舞い上がる。いわば、私は身体から「離脱する」のである。といっても、はるか上空を飛翔《ひしょう》しているのではなく、私は小さな少年の身体のすぐ上を飛んでいる。「自分の」すぐ下で小さな身体がぎしぎし音をたてて動いていく。前方をしっかり見据えて、歯を食いしばって……、ああ、それは、ロボットのように滑稽《こっけい》だ。

とはいえ、私は少年の身体の「なか」にもいて、その私は「困ったことになった」と呟《つぶや》いている。このまま進んでいこうか？　だが、もう少しすると、あの

「私」は飛び去ってしまうのではないか？　もうこの身体のなかに戻れなくなるのではないか？　一瞬の恐怖が身体を滑り抜ける。しかし、私はそうしながらも「どこまで行けるか」試してみたい欲望に駆られる。すれ違う人々は、こんな私の大変身に気がつかないようだ。バカな奴《やつ》らだ。道は白く延びていて、太陽が照っている。そのことはよくわかる。だが、私はいま何をしているのだろう？　不安がよぎる。私は必死な思いで肩から下の小さな身体を見直す。これが「私なんだ」と確認する。だが……それは一体「誰」なんだろう？　そのうち、ランドセルのギュッギュッ鳴る音に気づき、これは小学生なんだとわかる。いまは昼間だ。「この子」は学校から帰ろうとしているんじゃないのか？　そうなんだ！　糸口が見えてきた。だがこの子の名前は？　まったくわからない。では、この子が通っている小学校の名前は？　それもわからない。今日は何月何日か？　暑いから夏なんだろう。だが、わからない。風景はのっぺりと延びていて、奥行きが無くなり、その無い奥行きに「入っていく」恐ろしさを覚える。私はこの子がひどく汗をかいていることに気づく。身体が無性に重たい。もうすぐ「やめないと」危ないかもしれない。

　私は、一方でこの子が私であることを知っているのだが、他方でこの子は「ほんとうの」私ではないことも知っている。この子は私に逆らいえない。この子にはそんな力はないのだ。この子は私に操られているマリオネットにすぎない。私が動き出さなければ、この子の側からは何もできないのだ。私が「飛び去る」決意をしたら、私はこの子に戻れなくなるだろうという予感もする。私はこの子が可哀相《かわいそう》になる。こんなに必死に歩いている、いや生きているこの子を置き去りにすることはできない。私は「戻る」決心をする。そして、しだいに私はこの子との境を消してゆき、頭の上方に漂うように存在していた私はこの子の身体のなかに降りてゆく。

私はこの子の視点「から」周囲世界を見なおす。不安は消える。世界はもとの相貌を取り戻す。私は一挙に自分の名前も学校の名前も自分の家の場所も思い出す。少し頭が痛い。自分は宇宙旅行をしてきたようだ。だが、そのすべてを私はよく覚えている。危なかった、と胸をなで下ろす。もう、しばらく「ぼくは死んでしまう、死んでしまう……」というおまじないを唱えることはやめよう。次のとき、私はほんとうに無くなってしまうかもしれないから。

こうした体験のあとで、時折少年の私は両親や先生に向かって「怖い！」と言って泣いていた。だが、私はうまく自分の体験を記述できなかった。だから、誰もわかってくれなかった。みんな、「錯覚（だ）よ」と言って、笑いながら忘れていった。

三十二歳のとき、鎌倉の海岸で異次元の世界に入っていくほどの大きな体験をした後、こうした症状は消えた。だが、いまなお、ふと目覚めるとき、あるいは寝入りばなに、私の身体の上空に私が漂っているような感じがすることがある。そんなとき、かつての離人症体験を甘美な気分で思い出す。

こうして、いまでも、私は私が「この」身体の「なか」にいることに違和感を覚える。「この」身体が死んで崩壊すると、私まで無くなることが不可解でしかたない。だが、ようやくなぜ「この」身体は「私の」身体なのか、という長年の問いに対する答えが見えてきた。そのすべてが壮大な錯覚であることが、ぼんやり見えてきたのである。

（二〇〇二年十月号）

一億二千万分の二十

六年ほど前から「無用塾」という名の哲学塾を開いている。『荘子』の「無用の用」から採ったもの。世の人々は、知識を得たいとか、幸福になりたいとか、生きがいを見つけたいとか、精神の安定を得たいとか、悟りたいとか……有用なことばかり求めているが、こうした広大な有用宇宙の中に、ブラックホールのように、まったく無用なことにかまける場があってもいい。

とはいえ、無用に徹することはたいそう難しい。われわれは、油断するとすぐに有用な方向に流されてしまう。いままで三百人近くの方から「入塾したい」という手紙を受け取ったが、ほとんどが無用に徹することの意味を取り違えて、すぐに去っていく。いや、それ以前に「ホームページがあるかと思って探しましたが、見つからなかったので」というような連絡を受けると、殴りつけたくなる。私はわが国民に広く哲学を学んでもらいたいために、哲学塾を開設したわけではないのだよ。このあたりのことは、しつこいくらいに言っておかないと、正確に誤解する人が後を絶たないようなので、今後そういう人が来ないように自己防衛を試みる。

哲学をするのに特別の動機があってはならない。「ただ哲学をしたい」だけでいいのだ。「生きる意味を見いだしたいから」とか、「何をしても虚《むな》しいから」とか、「哲学に興味をもつほかの人々と交流してみたいから」とか、はたまた「中島義道に会って話してみたいから」（このタイプ意外に多い）とかの不純な動機をもつ者は、けっして来ないこと。もっとも、こういう「不純物」は、一カ月ほどで潮の引くようにさっと消えてしまうから、まあいいのだが。

各人が特有の悩みや問題を抱えているのはわかっている。しかし、私はカウンセラーでもなく、精神科の医者でもなく、神父でもないのだ。私はだれも救えないのである。私は「生きる意味」が皆目わからない人間である。自分が途方に暮れているのに、ひとを教え諭すことなどできるわけがない。

また、私をほんのわずかにでも尊敬する者は、迷惑なだけである（軽蔑《けいべつ》するのは一向に構わないけれど）。私は「よき師」どころではなく、むしろすべての悪に対して異様な親密感を抱く。哲学をすることによって、どうにか狂気に陥ることや犯罪に走ることを免れているぶっそうな輩《やから》だ。私は若いころ、何もかもわからず、といって自殺したくもなく、犯罪すら実行できないほど小心であった。そんなころ、「こういう塾があれば門を叩《たた》いたであろう」と思われるような場をつくったのだ。つまり、過去の（三十〜三十五年前の）自分に向けて開設しているというわけだ。すべて自分のためなのである。自分が哲学を続けていくのに必要な場だと確信しているから、保持しているだけ。だから、だれも来なくなったらやめるだけである。

このニュアンスを伝えるのは至難の業なのだが（それがわかっている人だけが残っているようだ）、私は不特定多数の人に「哲学をする」よう呼びかけたいわけではない。ホームページの開設など、汚《けが》らわしい限りである。とはいえ、一本の細い糸を残しておきたいのだ。私は自分の本の中で無用塾についてはいろいろ書いているから、（私が考えている意味での）哲学がほんとうにしたいのなら、そういう人はいつか必ず来るはずだと信じている。それだけである。

最近は電子メールでの問い合わせが多く、自分の住所も名前も身分も明かさず、ただ「資料を送ってください」という無礼者が多くて閉口する。そこで「電子メールは大嫌いなので、大学宛《あて》に手紙をよこすこと」と返信すると、八割の者が連絡してこない。このくらいのことで諦《あきら》めてしまうのだから、ほんとうは哲学なんかしたくないんだろうと勘ぐって、せいせいする。

さらに、こちらが日時と場所を知らせても来ない者が約半分、一度出席してその後ぷつりと来なくなる者がそのまた半分、一カ月ほどで姿を消す者がそのまた半分、というわけで、数十人もの入塾希望者がいて、どうしようと思い悩んでいるうちに、あっという間に五人ほどに絞られてしまい、胸をなでおろす。

こうして、無用塾は不思議なほどうまく人数の調整がついていて、常時二十人くらいの「平衡状態」を保っている。哲学などほとんどの人には必要ないのである。救われたいのなら、ほかにさまざまな道があるはずだ。哲学によって救われるのは特別のタイプの人であり、それは千人に一人もいないであろう。

だから、皮肉なことに、いま無用塾は「哲学をしたい」と思い込んでいた人に「それは錯覚だった」と思いなおさせる社会的機能を果たしているようだ。これは無用塾のもつ唯一《ゆいいつ》の有用な側面かもしれない。一億二千万の人口のうち、三百人近くが問い合わせ、常時二十人程度が参加している無用塾の現状は、とても健全だと思う。その六年余りの歴史から、大多数の普通の人にとって哲学はまったく必要ないことを全身全霊で確信させられ、自分の仮説にぴったり一致していて、とても愉快である。

読者のみなさま、ただ哲学をしたいという動機以外の方は、つまり何かぼんやりとでも有用なことを期待している方は、無用塾には来ないでください。問い合わせもしないでください。哲学をしても、生きていくうえでわずかの効用もないのです。そのことを身に染《し》みて感じている方は、来られれば場合によって居心地がいいかもしれません。とはいえ、そういう方は自分が相当ヘンな人間であることを、あらためて自覚する必要がありましょう。（＊）

（二〇〇二年十一月号）

＊無用塾は二〇〇四年九月に閉鎖しました。

あの時私が拉《ら》致《ち》されていたら

北朝鮮に拉致された五人が帰国して以来、報道機関はこの感動的ニュースをこれでもかこれでもかと国民に浴びせかけている。だが、この場合でも、私は大多数のわが同胞とはずいぶん違ったとらえ方をしているように思う。

私も人間であり、怪物ではないから、親子の対面のシーンでは自然に泣けてきた。言い知れぬ苦労がありながら、「言えない」苦しみもひしひしと伝わってくる。北朝鮮のやり方に対する人並みの怒りもある。しかし、私が最も関心を覚えたのは、以上のいずれでもないのだ。

それは、五人とも「恐ろしくフツーの人なんだなあ！」という感嘆である。あらためて、この世に生息している大部分の人は、やはりフツーなんだなあ、といういまいましい思いである。みんな家族が待ちわびている。みんな大勢の親友がいて、近所との親密なつきあいもある。みんな結婚していて子供もいる。みんな定職を持っている。みんな墓参りをしてご先祖様に帰国を報告し、仏壇の前で頭《こうべ》を垂れる……。つまり、家族と絶縁した者もいない（曽我《そが》ひとみさんの父親との確執もまたフツーである）、ひきこもり青年だった者もいない、友人が皆無の変人もいない、近所の鼻摘《はなつま》み者もいない、ゲイのため、あるいは性同一性障害のため、結婚できない者もいない、（結婚式や葬式や墓参りなど）社会の風習に病的に反発する者もいない、極度に非社交的な者もいない……みんな、みんな、胃が痛くなるほどフツーなのだ。

二十四年前と言えば、私が大学院の修士課程を終えて予備校教師をしていた時であり、人生の前途に何の希望もなく、ただ十二年もいた大学に舞い戻りたくない、そのあいだ二年ほどひきこもり状態が続いたが、あの苦境にふたたび陥りたくない、という消極的な「希望」のみで生きていた。翌年、あらためて哲学をするためにウィーンに単身飛んだのであるから、社会復帰を果たしながらも、まさに切羽詰まっていた時である。

　テレビの画面を眺めながら、私は何度も想像力を逞《たくま》しくした。もし私があの時、どこかで北朝鮮の工作員に拉致され、二十四年後のいま帰国したとしたら、どうであろうか、と。私はその頃、小学校から大学までのあいだに知り合ったすべての知人と縁を切っていた。誰がどこに就職したのか、誰が結婚したのか、いや誰が生きているのかさえまるでわからず、誰からも何の便りもなかった。そんなとき、ふと私がどこかで拉致され帰国したとしても、私の記憶は家族以外のほとんどの人からかき消えており、父母はすでに亡《な》くなっているのだから、姉妹だけが迎えてくれたことであろう。

　その五年前、つまりひきこもっている最中に、ふと気晴らしに外出してその場で拉致されたとしたら、さらに悲惨だ。当時家族は、私がもしかしたら自殺するかもしれないと思っていたから、すぐに警察に届けたことであろう。そして、私が失踪《しっそう》して見知らぬ土地で自殺しても全然不思議ではなかったのだから、家族はやがて「納得」したことであろう。そして、たとえ二十九年後のいま帰ってきたとしても、姉妹は混乱した不思議な思いで私を迎えてくれたことであろう。

ひきこもりから「生還」しても、誰も歓迎してはくれない。みんな、ヒソヒソささやき合い、腫《は》れ物に触れるように慎重に扱うだけである。単純な比較はできないかもしれない。だが、北朝鮮に拉致された人々は、ひきこもりから生還した人々より、ある意味でずっと幸福である。第一に、多くの人がその苦しみやその理不尽をわかってくれる。第二に、自分は完全な被害者であり、自分に落ち度はないと思い込める。第三に、たしかに洗脳され思想的・信条的に激変したことであろうが、他人が無闇《むやみ》に恐ろしいわけでもなく、社会人として基本的なコミュニケーション能力において障害があるわけでもない。

だが、(私のような)境界型の精神異常者は、地上のどこにいても、無性に生きにくく、ほとんどの人とぶつかり、そのあげく疲労困憊《こんぱい》してしまうのだ。自分の「うち」に原因があるのだから、外的条件をいくら変えても変わりようがない。最終的には、誰も責めることはできない。例えば、私は墓参りはしないことにしている。そこには物体としての骨があるだけであり、それに何の意味もないと確信しているのだから。同じ理由で、仏壇に向かって拝むこともしない。それは、ただの箱であるから。葬式にも、結婚式にも、病気見舞いにも行かない。年賀状も書かない。

結婚したものの、妻子とは五年前から国際別居している。両親の死後、私の代わりに墓を守り長男役を務めてくれる姉とは、この前相続権を一切放棄して絶交した。妹家族とも付き合うことを極力避けている。

こうして、人間たちとの付き合いを疎遠《そえん》にして、私は何をしているのか？　四六時中「ああ、もうじき死んでしまうのだなあ」と考えているのだ。死んだらどうなるのだろう？　「無である」とはいかなることなのだろう？　そう考えているのだ。なぜ、みんな懸命に「よいこと」をしようとするのか、「悪いこと」を避けているのか、とても不思議である。どうせ、まもなく森羅万象ことごとく消滅してしまうのに。私は、これだけが真剣に思考するに値することであり、これを考え抜くために生きることだけが、生きる理由だと信じている。

拉致家族は、それなりに過酷な体験をしたことであろう。しかし、フッーからすべり落ちていく恐怖、しかもどうしてもそこに戻れない苛立《いらだ》ち、生きながら死んでいることを選びとった人生に比べれば、まだ望みのある不幸であるように思われる。

（二〇〇二年十二月号）

「私のことを好きな人」
私が嫌いな

断続的に全国の読者の方々から、お手紙をいただく(このコラム宛は少ない)が、はっきり言って困ることが多い。

人間的欠陥であると思うが、私は私に興味を持つ人が嫌いである。とくに、私を称賛する人、褒める人、尊敬する人、慕う人、私に好意を持つ人が嫌いなのだ。そんなこと仰《おっしゃ》って、と言うかもしれないが、これはホントのホント。

相当ヘンな性格であることは自覚している。たぶん、幼児期にまでさかのぼるトラウマか何かあるのだろう。まあ、原因はどうでもいい。事実そうなのだから。私は他人に何かを訴えたいのだが、わかってもらいたいのだが、そういう願望がとても強い人間なのだが、だから本を書いているのだが、とはいえ、いざわかってもらうと――ああ、なんと多くの人がこちらの意図した通りにわかってくれることだろう――、その人が嫌いになるのである。ほんとうに困った性格だ。

だから、サイン会を恥ずかしげもなく催し、熱心なファンと次々ににこにこ顔で握手している作家たちを見るにつけ、その勇気あるいは鈍感さに唖然《あぜん》とする。二度ほどサイン会の話があったが、断った。まあ、うずたかく積んだ本が一冊も売れなかったらどうしよう、誰も来なかったらどうしよう、という恐れもないことはないが、とにかく私は私の読者に会いたくないのである。

私の読者は、感謝すべきことに、次々に私の本を読んでくれる連鎖反応型が少ない。ああ、だからなのかな。私の本の売れ行きは安定成長型で、あるところまで伸びるが、一定の数字のところでぴたりと止まることが多い。同じ人が読んでいるからなんだろう。そして、――ほんとうに申し訳ないが――私はこういう連鎖反応型の熱心な読者が最も苦手なのである。大変、おこがましい言い方なのだが、世の中いい本が沢山あるのだから、もっと別の本読んだら、と言いたくなる。だが、これも何だか「俺みたいな男にしがみついているなよ、世の中もっといい男いるじゃないか、えっ?」と女を冷たくあしらっている厭味な男のようで、ますます自己嫌悪《けんおかん》は募ります。

ここで終わりにしてもいいのだけれど、この機会に、なぜ私は読者に会いたくないのか、よこした手紙に返事を書きたくないのか、ちょっとさぐりを入れてみよう。まず、思い浮かぶのは、私を理解していると自認している読者ほど、じつのところ私を理解していないからである。彼らは、私が理解してほしいように理解してくれるのだけれど、それは私の技巧であって、技巧の裏まで読み取ってくれない。あんまりみんな善良で素朴なので、嫌気がさしたとも言える。ある本の「あとがき」に「二〇〇一年九月二九日　母が亡くなった日」と記したところ、「先生は偉いですね。お母さまのお亡くなりになった日にも書いていらっしゃるんですね」という手紙の文面に唖然。そうではない。そのとき書き終えたことにしておきたかっただけだ。だいたい、作家はいつも「ほんとうのこと」を書かねばならないという義務はない。「ほんとうらしい」ことを書けばいいのだ。円地文子は「日記は嘘《うそ》を書くものね。私はお天気まで嘘を書きます」と言っている。

こんなこと、いまさら言うまでもないことなのだが、書くとは、自分の中のある要素を拡大していくこと、デフォルメすることであり、そのことによってその部分が過度に活性化され、そして書き終えると、ふたたび全体の中に溶け込んでいく。だから、私がいかに「孤独」について書いたとしても、それはたしかに「ほんとうらしい」ことであるが、私は孤独の結晶体ではないし、「不幸」というテーマで書いても、不幸のエキスのような人間ではない。でも、そう信じている人がいるんだから、困ってしまう。

しかも、相当の時間を費やして、孤独、対話、偏食、仕事、不幸等々固定したテーマで書き続け、そして脱稿すると、そこに書いたことすべては過去のこととして、決定的に私の身体《からだ》から脱落してゆく。書いてしまったことによって、私の心理状態も世の中の見え方も書く前とは画然と異なり、世界は相貌《そうぼう》を変えるのだ。だが、理不尽なことに、そんなころ、読者ははじめて私の書いたものに接する。そして、しばしば感動して「先生、まったく同じ意見です」という手紙をよこす。だが、すでにそのとき私は、――あのアキレスと亀《かめ》のように――少し「先に」動いているのだ。こうして、読者は永遠に私に追いつけないのである。

おわかりであろうか？　私の最新の本の読者は、私のすぐ「後ろ」にいるからこそ、そしてそれは私がたったいま抜け出てきた場所であるからこそ、私はその地に戻りたくないのだ。いまは、その微妙な前後の差異を確認することこそ、私にとって重要なのに、読者が提起するのはいつでも、私がすでに書くことによってある程度解決してしまった問い、そうでないまでも一段落つけてしまった問いにすぎない。

こうした技巧をすべて考慮して、正確無比に私をわかってもらいたい、とまで言うつもりはない。ただ、私の技巧の裏に潜む「おぞましいもの」を見逃さずに、それを感じつつ読んでもらいたいのである。とはいえ、これもまた過分な要求かな。あっ、これだけは言える。私の本の熱心な読者は私に全然似ていない。私に似ていたら、私の本をそんなに連鎖反応的に読まないであろうから。むしろ、みずから書きはじめるであろうから。

というわけで、私の本を読みたい人は、家で静かに読んでください。そして、私と「接触」するなどというよからぬことを考えるのはやめてください。あーあ、ボクってほんとうに厭味な人間だね。

（二〇〇三年一月号）

愛したくも愛されたくもない？

今回は前回の続き。つまり、なぜ私は他人に好かれるとその人が嫌いになるのか、という話をもう少し続ける。自分でも、とても興味のあるテーマなので。ドストエフスキーの『カラマーゾフ兄弟』より、イワンの台詞《せりふ》。

「どうして自分の身近な者を愛することができるのか、僕にはどうしてもそれが理解できないのだよ。身近な者だからこそ、僕の考えでは、愛することができないので、愛することのできるのは遠い者に限ると思うんだ。……ひとりの人間を愛するためには、その相手が姿を隠していることがどうしても必要なんだ。ちょっとでもその人間が顔を見せたら最後——愛なんてものはたちまち消しとんでしまうよ」

(小沼文彦訳。ただし、表記を変えたところがある)

この気持ちが、私にはずしんと身体の底まで響くようによくわかる。妻子や姉妹を含めて「身近な者」を私は(普通の意味で)愛することができない。誰でも、ある程度濃厚につきあうようになると、その人から立ちのぼる「人間的臭気」が私を窒息させる。はっきり言って、厭になるのである。もちろん、自分がいちばん厭なのだが、どんなに「身近」でも自分とは縁を切ることができないので、というより、自分とは他人との関係において自分なのだから、他人から発せられる臭気にも増して自分も彼らに濃厚な悪臭を放っていることがわかり、猛烈な自己嫌悪に捕らわれるというわけだ。

自己嫌悪に痛めつけられないためには、他人との親密な関係を絶てばいい。R・D・レインが紹介している事例は、かなり病的なものである。ピーターという男の症状であるが、彼は引っ越しを繰り返す。ある街で自分が完全な匿名《とくめい》的存在でいるうちはいいのだが、しばらく滞在すると、人々は彼に酒場や床屋で話しかけてくる。そうすると息苦しくなって、自分のことを全然知らない者だけのいる別の街に引っ越すというわけである(『ひき裂かれた自己』みすず書房)。

私も思い当たるフシがある。いま家族が海外にいて独り身なので、時折大学からの帰りがけ、汚い酒場を見つけては飲む。しかし、数度訪れて顔を覚えられ「お客さん、よく来てくれるけど、この近くに住んでるの？」と聞かれると、もう駄目。その店からはスタコラ逃げ出し、他の店を探すのだ。

ある種の分裂病（統合失調症）患者も同じ穴のムジナ。レインが「呑《の》み込み（engulfment）」と呼ぶ症例である。彼らにとって、他人が自分を理解したり愛したりすることは恐怖である。なぜなら、それは自分を「呑み込む」ことにほかならないから。こうした人々は他人に理解されたい、愛されたいと渇望《かつぼう》している。しかし、それが実現しそうになると、全身全霊で反発し、尻《しり》をからげて逃げ出すのだ。

さて、このあたりでイワンの呟《つぶや》きに戻ると、読者は隠れていて顔が見えず身近にならない限りでいい。私は、確かに他人から理解されたいがゆえに、書いているのだが、その他人とは特定の他人ではない。「一万部」という数が示す顔の見えない他人である。一万人が読んでくれれば、それでいいのだ。その誰とも「身近」になりたくないのである。たまの講演会のあとのパーティの席で、私の本を大事に抱えて「サインしてください」と頼まれても断る。にこにこ顔で「先生のご本ほとんど読みました」と言われても、「あっ、そう」と反応して、なるべくその場から遠ざかる。

若いころはひきこもりがちであった。基本的にはいまでも同じである。夏休みなど油断していると、私は一週間も二週間もひとり閉じこもって暮らしてしまう。そして、全然退屈しないのである。知人には電話をされても困ると言っているから、かかってくる電話と言えば「ご注文のメガネができました」というたぐいのものだけ。年賀状を「貰《もら》うこと」も厭だというワガママが知人の間で徐々に浸透していって、今年は(出版社の儀礼的挨拶《あいさつ》を除いて)三十枚を割った。

先日、大学の廊下で同僚の助教授に出会ったが、「随分お早いお帰りですね」と言ってから、彼女はとっさに「あっ、失礼、こんなこと言わなくていいんでしたね」と「訂正」。なんで、みんなこんなに私のことをよく理解してくれるのだろう。ややこしいことに、いまや私のまわりの多くの人が、私が理解され(興味を持たれ気にかけられ)たくないことを、よく理解してくれるのである。

こんな偏屈な作家であるから、編集者も私と付き合うのは大変である。私を崇拝するような編集者とは絶対にうまくいかない。「どうにかして先生の本を出したいのです」という情熱的態度に出れば出るほど、私は冷え冷えとしてくる。いま、二十人以上の編集者と付き合いがあるが、考えてみると、長く付き合っている者はみんな「売れなければすぐに切り捨てるぞ」という態度鮮明な人ばかり。しかも、何を書いてもあまり褒めてくれない。彼らもまた私が優しくされたくないこと、愛されたくないことを理解してしまっているのだ。だからこそ、私は彼らと真摯《しんし》に付き合えるのであろう。

さらに、最近では最も身近な妻子が（とくに十八歳になった息子が）私の気持ちをよくわかってくれる。つまり、理解されたくなく、愛されたくなく、尊敬されたくなく、大切にされたくなく、優しくされたくない……ことをカンペキに理解してその通り実践してくれるのである。「勝手に書いてればあ、こっちも別の生活があるんだから」という冷たい態度。だから、いまだに家族（ごっこ）を続けていられるのかなあ。

職場も捨て、家庭も捨て、孤独で悲惨で徹底的にイジケタ老後を送ろうと企《たく》らんでいたが、いまのところそうは問屋が卸しそうもない。困ったことだ。

（二〇〇三年二月号）

「私」が無になるということ

私は六歳のころから、死んでしまうことが無性に怖かった。「無」になるのがどうしても納得できなかった。これは正真正銘の病気で、私は何度も「死ぬのは厭《いや》だ！」と泣きじゃくって親や教師を困らせた。そのときから五十年経《た》った。そのあいだずっと私が死ぬとは、いま存在している私が無になるとは、どういうことかを考えてきた。そして、私が本来無ないし不在であることがぼんやりとわかりかけてきた。これは救いとはほど遠いものであるが、一筋の細い道が見えてきたという感じである。

人々は漠然とこのもやもやした身体感覚や知覚野がそこから開かれるこの視点を

「私」と思い込んでいる。つまり、この身体やこの痛みやこの喜びのように、物理的・生理的・心理的に「いま・ここ」に存在するものを「私」だと思い込んでいるのだ。だが、そうであろうか？　いま両肩から下に頭部を欠いた独特の身体が広がっているが、なぜこれが「私の」身体なのだろうか？

そこに独特の感じがするから？　だが、なぜその独特の感じが「私の」感じなのだろうか？　こう問いつめていくと、この方向に答えは見いだせないことがわかる。「私」とは知覚とは別の独特の作用によって端的にとらえられるものではないか？　いや、そんな独特の作用など見いだせない。「私」とは知覚しているときに、同時にそこに感じられるものではないか？　いや、胃がきりきり痛い時にそれと並んで独特の「私」という感じなどない。そもそも「私」とは作用の対象ではなく、作用の絶対的主体なのではないのか？　多くの哲学者はそう考えた。そして、それを「純粋自我」とか「超越論的統覚」とか名付けた。だが、人間としての「私」がそんな抽象的な発光点のようなものであるはずがない。

あれもこれも否定して、振り出しに戻ったわけである。ここで、別の視点から反省してみるに、「私」とははじめから異なった時間における同一なものと了解されている。「私」とは過去のあの時も同一の「私であった」者である。しかも、その同一性は二つの対象を見比べて判定するのではなく、現在の側から一方的に過去のあの者を「私であった」者と判定するのである。「私」は、過去と現在との関係において登場してくるのだから、現在の世界を隈《くま》なく探しても見いだせないのは当然である。過去自体はすでに消えている。過去の記憶だけが残っているのだ。現在の知覚される世界ではなく、過去の想起される世界を探究することによってはじめて「私」は身を現わすのである。

ここにきわめて重要なことは、過去のあの時に私が不在であっても「私」の同一性は保たれるということだ。夢の場合で考えてみよう。夢を見ているあいだ「私」は自覚されていない。「私」は、夢から覚め「私は夢を見た」と過去形で語る時にはじめて自覚される。まさにその時、あれが「私の」夢であったことが忽然《こつぜん》と了解され、遡《さかのぼ》ってあの時「私が」夢を見ていたことになるのである。

夢ばかりではない。この構造は広く普遍化できる。「私」は仕事に没頭している時や、夢中でボールを追いかけている時や、ぼんやりもの思いに耽《ふけ》っている時など、いわば消えている。しかし、あとから「私は〜していた」と語れる限り、その時

「私」は存在していたことになるのだ。夢中で小説を読んでいた。ふと気がつくとあたりが薄暗く、電気をつけてみるともう三時間も経っている。私は小説の内容を細部に至るまでありありと覚えている。一体誰が読んでいたのか？　ほかならぬこの「私」である。こう自覚する時、この小説はずっと三時間にわたって「私が読んでいた」ことになる。「私」は三時間いわばすっかり消えていた。しかし、そのあいだずっと「私」は「不在」というかたちで存在していたとみなされるわけである。

このことを補強する日常的な語り方に目を向けてみよう。われわれは「いま、ここ」に現在していないという意味で不在を語りたい時、「私」を語りだす。現在の特定の状況において、とくに記憶として残っているものとの関係を語りたいときに「私」が登場するということだ。思わず画鋲《がびょう》を踏んだとき、「私は痛い！」と言う必要はない。ただ「痛い！」と叫べばいいのだ。しかし、記憶としての痛みをいま振り返って語るとき、「さっき、私は痛かった」のである。

さらに、過去の場合、不在どころか無（無意識）にさえも、「私」は帰属しうる。現在形で「私は失神している」とか「私は熟睡している」と語ることは、明らかに不合理であるのに、過去形に変じたとたん「私は失神していた」とか「私は熟睡していた」と語ることはごく自然である。いま覚醒《かくせい》している限り、過去における「私」がまったくの無であっても「私は無であった」と語ることが許されるのである。

「私」はやがて死ぬ。「私」が死んでいるとはいかなることか？　それは、いかなる点で「私」が熟睡している時や失神している時と区別されるのか？　思うに、ただあとから「私が死んでいた」と語れなくなるという一点において区別されるだけなのだ。「私」は死ぬと存在から無へと移行するのではない。死ぬと、もともと無である「私」が、あとから自分が無であることを承認できなくなるのである。一万年熟睡していても、その後目覚めることがあるのなら「私は無であった」と語ることができ、その一万年のあいだ、「私」は無として存在していたのだ。とすると、無である状態自体が恐ろしいのではない。無を無としてあとから永遠に承認できない状態が恐ろしいのである。

（二〇〇三年三月号）

たまにはセンセーらしく

勤務校（電気通信大学）はアジア・アフリカからの留学生が多いこともあり、三年前からボランティアで"Japanese Human Relations"と題する半年単位の演習を持っている。英語は下手なのだけれど、十名程度の履修者のほとんどもかなり下手なので（何を言っているのかわからない者もいる）、かえって抵抗なく続けられる。オーストラリアやカリフォルニアの留学生が加わると、英語がうますぎるので困る。「みんなに配慮してゆっくりしゃべりなさい」と厳しく注文するが、じつは私が聴き取れないから。

この演習で、私はあくまでも具体的なわが国特有の人間関係を扱う。例えば「上座・下座」という対概念を説明した後で、タクシーの場合、宴会場の場合等々、どこが上座か下座か問題を出してみる。興味深いことに、東アジア出身の学生はだいたい当てるが、それ以外はまったく駄目。インドネシアの男子学生が、タクシーでは助手席が上座と答えるので、「どうして？」と聞くと「一番よく見えるから」との答え。結婚式場を図示して、「花嫁と花婿《はなむこ》の家族はどこのテーブルに着くべきか？」と聞くと、オーストラリアの女子学生が「あたりまえでしょ、ここ」と言って、雛壇《ひなだん》近くの上座のテーブルを指すので「馬鹿《ばか》だね、一番下座だよ」と答えると、唖然《あぜん》としている。

毎回質問責めなのだが、その質問の素朴なこと！「日本人についてわからないことありますか？」と尋ねると、タイの男子学生が真顔で「先生！（学生は皆私を「センセー」と呼ぶ）なんで日本の女子高生はみんなあんな短いスカートを穿《は》いているんですか？」との質問。「脚を見せたいんじゃないの」とはぐらかして教室を出ようとすると、中国の女子学生が「質問してもいいですか？」と追い打ちをかける。「はい」「なんで先生は黒板を拭《ふ》くのですか？　中国では教授は黒板を拭きませんよ」「それは、私がとてもいい教授だからです」と答える。

私は留学生専門委員でもあるので、私費留学生を国費留学生に推薦するための面接も行なう。それが、めっぽうおもしろい。モンゴルからの留学生の父母の職業欄を見ると「遊牧」とある。遊牧だから、帰国すると家族は季節ごとに全然別の土地にいるんだそうである。上海《シャンハイ》からの留学生は背広をりゅうと着こなして「最近の上海はすごいですよ」と眼を輝かせ、金儲《かねもう》けの話にうつつを抜かす。なかなかハンサムな北京《ペキン》からの留学生は、「へこんじゃいますよ」「～じゃないですか」「それマジですか？」と、最近の若者言葉を自由自在に使う。さらに聞いてみると「デパチカ」「チャリンコ」そして「ママチャリ」まで知っている。「そういう言葉は嫌いだよ」と言うと、「何でですか？」と不思議な顔をする。

総じて留学生たちの生活は貧しく、月額（住居費を含めて）七～八万円というところ。中には三万円という学生もいる。中華レストランで週に四十時間もアルバイトして博士論文を書いている者もいる。ベトナムからの痩《や》せこけた留学生は、電話も引いておらず健康保険にも入っていない。一日一食にし、電気代が払えないので朝四時まで研究室にいて始発で帰るのだそうだ。私は二十四年前にウィーン大学に私費留学した経験があるので、彼らを見ていると涙が出るほど「いとおしい」と思ってしまう。

そんな彼らに対する私の方針はただ一つ、どこまでも誠実に接すること。だから、授業でも容赦なく「日本の大陸侵略について、天皇について、パールハーバーについて、広島について」聞いてみる。彼らは故国で日本の歴史をかなり否定的に習ったことを認める。しかし、それ以上に尾崎豊や浜崎あゆみやグレイ、あるいは渋谷や六本木やお台場に憧《あこが》れており、現代日本が大好きなのだ。

そうしたこともあって、二年前から授業の最後の日に東京見物に連れていくことにした。遅刻したり途中で迷子になったら「不可」。東京駅で待ち合わせ、皇居まで歩いていき、国会議事堂、銀座、そして地下鉄で本郷の東大に行き、そこでレポートを提出させて口頭試問。最後に浅草で自由時間をたっぷり取り、そのあと安レストランに入って皆で食事(これは私が奢《おご》る)というコース。

だが、昨年度の後期はコースを変更した。「一番行きたいところは?」と聞いてみると、「スラム街」という返事なので、「東京にはスラム街はないが、じゃあ山谷《さんや》に行こう」と提案。山谷がどういうところかおおよそ説明すると、みんな「行こう、行こう」と沸き立つ。そこで、ちょっと不安もあったが、近くに吉原《よしわら》跡もあるし、回向院《えこういん》に隣接して江戸時代の処刑場もあるし、皇居と国会議事堂なんかどうでもいいやと、代わりに山谷に決定。やや緊張して足を踏み入れたが、路上でひなたぼっこしている男たちや酒を飲んでいる男たちがいる程度で、不景気で職がないせいか総じて閑散としており「期待はずれ」であった。だが、学生たちは「とてもおもしろかった」とのこと。

先日、留学生の卒業パーティにちょっとだけ参加してみた。私を認めると、駆け寄ってきて「ありがとうございました」と丁寧にお辞儀をする彼らが、挨拶《あいさつ》を終えると一目散に寿司《すし》に突進し、周囲を配慮せずにウニばかり海老《えび》ばかり自分の皿に取る。あんなに「日本的謙譲の美徳」を教えたのに！　だが、彼らの虚飾のない伸び伸びした態度を見て、あらためていいなあと感動してしまう。

あっ、一つ言い忘れた。東京見物の後で、私は一人一人から交通費として千円徴収している。千円持ってこない奴《やつ》は「不可」にすると言い渡している。彼らに感動しながらも、私はとてもケチなのである。

（二〇〇三年四月号）

怒る私

『怒る技術』(PHP研究所)という本を二月末に刊行した。現代日本の若者たちは、他人から侮辱されても罵倒《ばとう》されても、そこに生じた不快感を「怒り」という感情に持っていくことができない。あるいは、すぐにキレてしまい、執念深く怒りを育てることができない。怒るにも「技術」がいるということ。

だが、そう言うとすぐに、多くの人は思いやりのある怒り、相手が自分の間違いにハッと気づくような怒り、最終的に感謝されるような怒り、つまり「正しい」怒りの指南書を期待してしまう。しかし、私が提案したいのはまさに逆なのだ。この国では、こういう「正しい」怒りばかりこぞって求めているから、若者たちはしり込みして怒れなくなる。怒りとは生物体として自然な感情であり、もっと大らかに発散していいものなのだ。帯にも書いたように「たとえ間違っていようと」怒ることが大切なのである。

私の場合、怒りを若いころのウィーン体験から学んだせいもあり、ヨーロッパの大気に触れると、怒りは自然に噴出してくる。三月にAIS（アメリカンインターナショナルスクール）に通う息子の進路相談のためにウィーンに行ったときは、あんな本を出した直後であったせいか、飛行機の中で客室乗務員たちのドイツ語を頻繁に耳にしたときから、私は自然に怒りに向かって身構えていた。

機内では食欲はなくなるが、今回、前菜からメインディッシュまでの時間の長いこと長いこと、三十分はかかった。これほど待たされてはわずかな食欲もすっかりなくなる。そこで、ほとんど手をつけずに、通りかかった客室乗務員をつかまえて苦情を言う。金髪碧眼《へきがん》の女性は厭《いや》な客だなあという眼で見つめるので――ここからが私のとくにヘンなところ――「周りを見てくださいよ。私以外誰も文句言っていないでしょう？　サービスを変えろと言っているのではありません。ただ、私が不愉快だということを伝えたかっただけです」。彼女は「呆《あき》れた」という顔つきで立ち去った。

帰りの空港でも、トラブルが続出。今回も本やCDやら沢山買い込んだ。空港で商品を見せて、スタンプを押してもらうと約一割のカネが返ってくる、だが旅行者でなければ駄目、という仕組みである。係員は私をまじまじと見て、「本当にウィーンに住んでいないのか?」と何度も疑う。これで数度目。麻薬密輸人を直観的に見抜くように、私の「もの慣れた態度」が彼らを刺激するのであろう。こういうわけで家族がウィーンに住んでおり自分は東京にいるんだ、とまくしたてると、「そんなにドイツ語がうまいんだからウィーンに住んでいるに違いない」と言う(何度も「逮捕」されて同じ弁解を繰り返しているのですらすら言えるのだ)。こうして、十五分も絞られてやっと解放された。

「もの慣れた態度」がくせもの。去年、珍しいことながら日本で家族一緒に過ごした後に、三人でウィーン入りしたときは、空港を出ようとすると「おいっ!」と三人だけ呼び止められて、スーツケースから機内持ち込みバッグからみんな開けられた。「何でわれわれだけ調べるんだ?」と何度聞いても答えてくれない。こういうときは、妻も息子も——私に似て——全然恐縮しない。息子など手に持っていたバッグを係員めがけて放り投げるほど。二十分もしてから解放されたのだが、後でなんでわれわれだけ捕まったか反省してみる。私の見解は次のもの。たぶん、われわれ家族がひときわ見すぼらしかったせいであろう。他の日本人のように着飾っておらず、難民かとまごうような服装で、態度もふてぶてしく、しかも大型スーツケースをいくつも運んでいる。いざ捕らえてみれば、さらに傲慢《ごうまん》である。なかなか解放してくれなかった理由もわかる。こう二人に説明したら、「なるほど」とわかってくれた。

私一人でも捕まることがある。扉めがけて小走りで行くと「止まれ！」という合図。今度は、少ない荷物だから不審だという理由。あきれて弁解する気にもならない。そこで、数人の警官の顔めがけて「荷物が少ないこともあるんです。荷物が何もないこともあるんです。あなたはなんでそんなこともわからない馬鹿なのか、説明しなさい！」と強く言うと、みなドッと笑った。そして、もう行っていいという合図。

今回の旅に戻る。手荷物検査のとき、ウィーンの（そこを通過して身体《からだ》に何か凶器を隠していないか調べる）ゲートはやたらピーピー鳴る。三人に一人はピーピー鳴ったすえ身体検査される。ベルトも外し、時計も外して万全の策で臨んだのに、ピーピー。係員が私の身体を調べてもう一度通過してみてもピーピー。次に右足を伸ばしゲートに入れるとピーピー。左足も同じ。ブーツのチャックの金具がいけなかったのだ。というわけで放免されたが、これで腹の虫がおさまる私ではない。係員を指さし「成田ではなんともなかった。いつもここウィーンでは身体検査されて、不愉快なことこのうえない。この機械は壊れているから換えなさい。それを自覚していないあなたにも責任がある！」と周りの人が振り向くほどの大声で怒鳴った。

こういう「怒る私」が乗っているからであろうか、今回の飛行機は揺れが激しかったが、着陸間際《まぎわ》ゆっくり降りていた機体が突然ぐんと高度を上げる。「強風のため、二十分ほどで、別の滑走路へ着陸します」という機内アナウンスが入る。これは怒るわけにはいかない。ふと、飛行機が墜落するとき、私は客室乗務員の胸ぐらを摑《つか》んで「なぜ墜落するのか説明しなさい！」と怒り狂うであろうか、と考えておかしくなった。

こんなウィーン滞在のあいだ、イラク戦争が勃発《ぼつぱつ》した。イラクの国民よ、もっと

もっと怒れ！

（二〇〇三年五月号）

どうでもいいこと

こういうコラムを続けていると、毎回書く内容のバランスを考える。私は政治・社会問題にまったく関心がないので、それを外すとあとは私の極小的日常生活だけということになる。だが、それもはなはだ乏しいので、たちまちネタが尽きる。そういうときは、内的日常生活、つまり私が何を感じ何を考えて生きているか語るほかはない。日頃「哲学者」という肩書を許していることに自責の念を覚えているので、今回は私が哲学者として日々「研鑽《けんさん》」を積んでいるさまを、できるだけわかりやすく伝えましょう。

哲学者は固有の「問題」にかかずらっている。その問題は、一般人が考えもしないことである。いや、ちらりと考えるかもしれないが、どうでもいいことである。だが、哲学者はその「どうでもいいこと」に全身全霊を懸けてしまい、真剣に悩んでしまうヘンな種族なのだ。というわけで、最近真剣に私が考えていること、それは古典的には「心身問題」と名付けられた問題であり、最近は装《よそお》い新たに「クオリア」と呼ばれ哲学界で議論されている問題である。

　恐ろしいほどの五月晴《さつきば》れであり、眼に染《し》みるような青空を私は見上げている。さて、私がいま見ている「青」はいかなるあり方をしているのだろうか？　空からは特定の波長の光が私の瞳孔《どうこう》に入り、そのエネルギーが網膜から電気パルスとなって視覚神経を通じて大脳内の視覚中枢《ちゅうすう》に至る。この過程を完全かつ精緻《せいち》に記述すれば、自然科学的世界像は完成する。そこに付け加えられるべきものは何もない。だが、ここには肝心の「あの眼に染みるような青」が欠けているではないか。いったい「あれ」は何なのか？

　一つの安易な回答が用意される。それは「知覚の因果説」と呼ばれるものであり、物理＝生理的過程は原因結果の系列であり、この系列の最後の項目（例えば大脳の視覚中枢の興奮）の結果として「青」が生ずる、とするもの。しかし、この回答は数々の難問を呼び起こす。(一)「青」は大脳の中にではなく、「あそこ」に見えるのだ。「青」が視覚中枢の興奮の結果だとするなら、なぜ大脳内にではなく、あんな外に見えるのだろう? (二) これが正しいとすれば、この因果系列の最後の項目(視覚中枢の興奮)に同じ興奮を引き起こすことができるなら、同じ「青」が見えることになろう。私は視覚神経がなくても、瞳孔がなくても、いや空さえなくても、「眼に染みるような青さ」を感ずることができることになる。しかも「ここ」ではなく「あそこ」に。これは、直観的にとてもヘンなことである。(三) そもそも、視覚神経の興奮が「青」をどのように因果的に引き起こすことができるのか? これが因果関係であるとしても、二つのまったく異なったあり方をするものの間に「どのような」因果関係が成立しているのか、皆目見当がつかない。

そこで、ここに認められるのは純粋に言葉の問題なのだ、という同じように安易な回答が次に提起される。われわれは「水」という日常語を「H_2O」という科学語に置き換えているように、「青」を「空から瞳孔に光が入り……視覚中枢に至る」という別の詳細な言語に置き換えているだけであり、ここには一つの事象しか成立しておらず、その一つの事象を日常語と科学語によって二通りに記述しているだけだ、というわけである。しかし、この回答は頂けない。ここには、単なる記述の違いではない事柄の違いが潜んでいるからである。わかりやすくするために、急遽《きゅうきょ》パースペクティヴの問題に切り替えて、私論を提起してみよう。一寸前《ちょっと》（昨年夏位）まで、私は次のように考えていた。これは、「縦○メートル横△メートル高さ×メートルの直方体は、なぜここからはまさにこう見えるのか」と問うようなものである。物体（K）をここにこう置くと、こう見える（A）。そこにそう置くとそう見える（B）。遠ざけてああ置くと、ああ見える（C）。この場合、A・B・C……という見え姿は、どのようなあり方をしているのか。それは無でも幻覚でもないが、物理的世界からは排除される。一つの物体についてのあらゆる見え姿を世界のうちに入れたら、世界記述は破綻《はたん》するであろう。よって、先の問いに対しては、この世界は、一つの物体をあるところに位置づけると、ここからはこう見え、そこからはそう見え、あそこからはああ見える……という構造をしている、と答えるほかない。つまり、世界がそうなっているのだ、オシマイ、というわけである。

だが、ごく最近のことであるが、これは時間論ではないかと考えはじめた。物理＝生理的過程は概念である。しかし、これに付け加えられるべき「青」や「痛み」や「見え姿」は概念に過ぎないのではなく、体験された内実なのだ。客観的世界のあり方から「いま」は排除されている。物理学にも歴史学にも「いま」は登場してこない。どの時が「いま」なのか、いかなる科学も教えてくれない。とすれば、科学は現実的世界を描き尽くしていない。私は「いま」という時を、概念によってではなく現実的体験として知っているのだから。なぜ、いつもいつも「いま」でありながら、私はそのつどの「いま」を理解しているのか？　なぜなら、そのつどの「いま」において、私はそのつど固有の現実的なもの（青、痛み、見え姿等々）に出会っており、いわば「触れて」いるからである。こうして、「心的なもの」あるいは「クオリア」とは何かという問いは、「いま」とは何かという問いに収斂《しゅうれん》していく……。

というような「どうでもいいこと」を、日々時々刻々と頭が痺《しび》れるほど考えているのが哲学者というものなのです。

（二〇〇三年六月号）

共感しない心

向いているのかいないのか

じつは、この四月から勤務校（電気通信大学）で人間コミュニケーション学科の学科長にさせられてしまった。三月に選出されたとき悩みに悩んで、そんな勝手は許されないことを知りつつ、一時は本気で大学を辞めようと思った。これは、単に「したくない」とか「向いていない」という問題ではなく、私の信条に反するからである。

まず第一に、定型的な言葉（世間語）を喋《しゃべ》らねばならないこと。新入生を前に、私が本当に信じていること、すなわち「どうせ死んでしまうのだから何をしても虚《むな》しい」とか「どう頑張っても人生は偶然に左右される」と語ってはならないこと。

あたかもこの人生に希望があるかのような、大学で学問し友人をつくることに何らかの価値があるかのような挨拶《あいさつ》をしなければならないことである。

第二に、私は集団行動能力欠陥者で、他人と二十四時間一緒にいるとオカシクなってくること。真剣な討議ならいい。私はいくらでも他人を攻撃し、自分を防御できるだろう。しかし、「和気あいあいとした」空気はびりびり引き裂きたくなり、あたりさわりのない世間話をする奴《やつ》は殴り倒したくなるのだ。

学科長はありとあらゆる学科の会合に出席し挨拶しなければならない。中でも最難関として私の目前に聳《そび》えていたのは、バスを連ねて白樺《しらかば》湖まで行く「新入生合宿研修」であった。昨年冬にも、箱根での三年生合宿研修に参加してくれ、と頼まれたのだけれど「私は他人と二十四時間一緒にいるとオカシクなってくる境界型精神病で、私が同行するとかえって皆様の迷惑になると思いますので、外してください」という手紙を書いたところ、(意外なことに?)受理された。一緒に風呂《ふろ》に入り(私は同僚教官や学生の裸体を見たくない)、一緒に食事をして(私は偏食だらけ、それを説明するのも飽き果てた)、そして朝方まで酒を飲みつつ「明るい態度」を崩さず喋り続けること(私は学生たちの語ることに興味がない)、このどれをとっても私にとっては拷問《ごうもん》である。

だから、三月の選挙のとき、私はいかに自分が学科長に向いていないかを十五分も力説したところ、反感を買ったのか学科長に推薦されてしまった。まことに「雉《きじ》も鳴かずば撃たれまい」だと悔やんでも後の祭、私は決断した。いつリコールされてもいいのだから、むしろその方がいいのだから、自分の信条（美学）とどこまで両立するか「実験」してみようと思い立ったのである。

とはいえ、別に力む必要はなかった。ほぼすべての人（学生も教官も）が、私が学科長になったと知ると、笑うのである。就職説明会のとき、就職担当のK先生が「新学科長の中島先生に挨拶してもらいます」と言い終わらないうちに、教室はゲラゲラの洪水。K先生が大真面目《まじめ》な顔で「笑うな、笑うな」と言うのが逆に可笑《おか》しくて、私まで笑ってしまった。ああ、この雰囲気を「逆利用」すればいいのだな、という感触を摑《つか》んでスタートする。とはいえ、四月末まで続くオリエンテーションの波状攻撃はアホ臭いのひとことに尽きる。「君たち、オリエンテーションばかりで厭《いや》になりませんか？」と釘《くぎ》をさしてから説明する。

そして、いよいよあの恐ろしいバス合宿が到来したのである。行きのバスの中で、早速「まず学科長の挨拶」と言われ、「こんな合宿など何の意味もない」とも言えず、「この機会にお互い知り合ってください」とだけ言った。これが限度だあ〜。とはいえ、合宿中は次から次にハードルが仕掛けられている。途中、桃の咲き乱れる茶屋で昼食。案内のジジイのがんがん響くメガフォンにげんなり。言ってやろうかと思ったがぐっとこらえ、しっかり耳栓をして、さて食事しようにも、焼き肉なので食べられない。モヤシとタマネギだけを呑《の》み込む。その後、再び途中下車して、甲府市の体育館で「ドッヂビー」（ドッヂボールのボールの代わりにフリスビーを使ったもの）をする。先生も加わるように勧められたが、準備体操をしただけで、鳥肌が立ってくる。小学校のころ、ドッヂボールはただただ恐ろしかった。その後高校まで体育の時間は地獄であり、体育館は拷問室のようなものである。だから、私にとってはそこに二時間「いる」だけでも並大抵のことではないのだ。

　という具合で、ようやくにして白樺湖畔の巨大ホテルに着く。付き添いの教官は私の他、三人の若い先生方であるが、「私は他人と同じ部屋にいるとヘンになってくるので、あなた方三人で一部屋使ってくれませんか？」と提案、承諾してもらった。ミーティングのあと、学生が「このあと徹夜で話し合う。先生方も呼びに行きます」ということなので、その時は断ろうと身構えていたが、何かを察知したのか、いつまで経《た》っても呼びに来ない。風呂には入らず、野沢菜と竹輪を肴《さかな》にひとりで部屋で酒を飲み続けると、なかなか快適である。朝食は、誰にも会いたくないのでキャンセル。という具合で、こうまでワガママが通せるなら合宿もいいもんだ、とふと思い込みそうになる。

その後「合宿、どうでしたか？」と聞かれるごとに、「とてもつまらなかった」と答える。民主主義など信じていないので、会議はそつなくこなせる。飲み会の席では、「あのバカこのバカ日が暮れる」とわめき散らす。そして、つい浮き足立ってしまう自分を鞭《むち》打ち、折に触れて「つまらない、つまらない」と呟《つぶや》く。そんなふうにして、二カ月が過ぎた。案外学科長に向いているのかもしれない、と多くの人が思っていそうな気配なので、ここで褌《ふんどし》を締め直して大声で叫ばねばならない。いえ、生きた心地がしないほど厭なのです！

（二〇〇三年七月号）

なんで電気を点《つ》けるの

新聞によると、いま東京は真夏の電力不足を前に、企業も公共団体もエレベーターを部分的に停止したり、ノーネクタイ運動を実施したり「四苦八苦」なのだという。このままタクシーを利用したら「夏に向かって。節電に、ご協力お願いします。」という経済産業省と資源エネルギー庁発行のパンフレットまで備えてあった。席を離れるときはパソコンの電源をオフにすること、使わない電気ポットはコンセントから抜くこと等々、ことこまかな指示がある。大学まで、文部科学省の同様な「指導」が電子メールで入ってくる。こうした現状を見て、私は泣きたくなる、いや笑い出したくなるのである。

なぜなら、これまでいたるところに書いてきたが、私の言うようにすれば、ただちにそして完全に電力問題は解決するからである。そうしないのは、ただ「怠惰」と「思い込み」だけ。とはいえ、その怠惰と思い込みに支えられてわれわれの感受性が形づくられているのだから、それを変えるのはなかなか難しい。何のことか、だって？　現代日本人は「電気の明るさ」を考えること、いや見ることを忘れ去っている。晴れた日の日没前、すでにいたるところに街灯が点いている。しかし、少しでも注意してみれば判《わか》るとおり、頭上五メートルはある街灯の光が実際の効果を上げる（道路を照らす）のは周囲が相当暗くなってから、およそ日没後一時間以降である。日没前、確かに周囲は昼間より暗いが、街灯の効果はない。こういう時間帯が一〜二時間ほど続くのである。だが、不思議なことに、この時間に突入するとすぐさまあちこちで街灯が灯《とも》りはじめる。そして、街灯の点滅はみなセンサーによるものだから、朝日の眩《まぶ》しい街路にも、夥《おびただ》しい街灯が白々と灯っているというわけである。実際に効果のある点け方をすれば、全国の何百万本いや何千万本ある街灯の点灯時間を日に三時間〜四時間も短縮できる。一カ月、一年となれば膨大な節約になると思うのであるが、いくら訴えても実行してくれない（東京電力、資源エネルギー庁、都庁、区役所の職員の方々、一度夕方の街に出てよく「見て」ください)。

街灯ばかりではない。曇天や梅雨時、少しでも暗くなると、何の効果もないのに駅のホームの蛍光灯は一斉に点灯される。そして、電車内は、ぎらぎらする太陽の攻撃から乗客がブラインドを降ろして身を守っているときですら、蛍光灯を点けている。ある日、京王線の明大前駅でのこと。太陽がまだ夕焼け空に輝き、ホームを眩《まばゆ》いほど照らし出しているのに、蛍光灯が数本の弱々しい白線となって延びている。あまりにもヒドイと思ったので駅長室に駆け込み、助役さんに訴えて現状を見てもらった。「あんなに空が明るいのに、蛍光灯を点けても何の効果もないでしょう?」と頭上を指さして言ったところ、神妙な顔をして「暗くて本が読みにくい、というお客さんもいまして」という回答。ああ、これが典型的な「回答」だあ! まったく的外れなのである。いまのこの明るさでは、蛍光灯を点けたからといって少しも明るくならないのだ。本が読めるか否《いな》かの話ではない。そこで、私は「いますぐに消してみてください。消したあとで暗くなるかどうか見てみましょう」という「実験」を提案した。助役さんはあたふたと駅長室へ駆けていき、やがて蛍光灯の消えたホームに戻ってきて（こういう反応も珍しくない）、まったく変化がないことを認めてくれた。私は真横で本を読んでいるお嬢さんに「いまホームの蛍光灯を消しましたが、本読みにくくなりました？」と聞いてみる。変な顔で即座に「いいえ」との答え。恐縮している助役さんに、「あなた方はよく見ず、思い込みで電気を点けてしまうんです」と力説し、ようやく彼を「釈放」してやった。だが――この次が私の言いたいことである――これほどの実験をしても、翌日同じ時刻に明大前駅を通過すると、ぎらぎらする太陽のもと、ホームには蛍光灯が白々と灯っていたのである。虚しさが身体《からだ》をすべり抜ける。また言いに行こうかと思ったが、カラダに悪いのでやめておいた。

大学内のすべての教室には「最後に教室を出る人は電気を消しましょう」というバカでかい掲示が貼《は》ってあるのに、誰もいない教室は蛍光灯の花盛り。無性に腹が立ち、時々最後に出てくる学生を捕まえて「なんで電気を消さないんだ！」と怒鳴りつけるが、ほとんどの学生はなぜ叱《しか》られたのかわからずポカンとしている。こうして、私は単純かつ合理的なことを主張しているつもりなのだが、誰もついてこないとなると、心底オカシクなってしまう。教授会では「先生方、節電にご協力ください」という学部長のメッセージがあり、その教授会からの帰り道、誰もいないあの教室にもこの教室にも蛍光灯が点いている。そこを先生方は、まったく意に介さずニコニコ談話しながら通りすぎる。私ひとりが全部消して回る。彼らの背中にピストルでも突きつけたい気分である。

こうして、周囲の人が無関心である分だけ、それに反比例して私は電気がますます気になり、ついには完全なビョーキになっていくのを感ずる。悲惨なことである。でも、考えようによってはこれも自業自得《じごうじとく》かな。私は危険人物なんですね。「ほどほど」ということができないんです。みんな眼前の事態をよく見ないで、ただ「節電に四苦八苦」と言っていたいだけなんですから。そういう人のほうがまともであり、私のように本気で節電しようとするふとどき千万な奴は絞め殺してしまうに限るんですから。

とはいえ、か細い声で最後に訴えます。読者のみなさま、節電しましょう。

（二〇〇三年八月号）

わが家の卒業式

少し前の話だが、六月はじめに息子がウィーンのアメリカンインターナショナルスクールを卒業した。

息子の教育は家内にまかせてあり、私はカネだけ出してまったく干渉しないことを約束していたので、息子が遅刻常習犯としてクレームがつこうとも、レポートを出していないという怒りの通知を受けようとも、生物でついにDを取ってしまい、卒業も危ぶまれるという連絡を受けようとも、放っておいた。家内は英語やドイツ語があまりうまく話せないので（個人教授を受けているのだが）、四苦八苦しており、時々涙声の電話をかけてよこしたが、一切干渉しないという「政策」を貫いた。

というわけで、卒業のまぎわまで、いったいウチの息子は卒業できるのかわからず、まあ落第するんならそれもいいだろう、あと一年やる気がないんなら中退でもいいだろう、という共通の姿勢だけは確認していた。なにしろ超エリート校で、父母の半分は博士号をもっており（半分は離婚ないし別居している）、ハーバードやイェール、オックスフォードやケンブリッジに進学する子もいる。十一年生（日本でいうと高校二年生）くらいから進学相談の集まりばかり。親たちも殺気を漂わせる面構《つらがま》えで、身を乗り出して「国際バカロレア」（これに受かると欧米のエリート校にそのまま進学できる）の条件などについて質問する。そして、父母会では、教師と父母とが机を挟んでその上に広げてある成績表を凝視し一騎討ちでもしている雰囲気である。だが、ウチは息子も親もこうした欧米のエリート校への進学希望も可能性もまったくないので、全体の雰囲気から自然に浮き上がってしまう。息子はなにしろ日本が好きで、五年にわたるウィーン滞在もなだめすかしての結果にすぎない。万一卒業できたら、即刻日本に戻り、大学に進みたければ自分で選ぶ、行きたくなければそれもいい、というのがわが家の「家訓」である。

五年間にわたって、年に四回の父母会だけには、万障繰り合わせて日本から飛んでいったが、こういうズレによりしだいに居心地が悪くなっていく。十二年生に上がったときには若い先生から「息子さんに対する希望は？」と聞かれ、「生きているだけでいいんです」と答えると、眼を丸くする。私自身、二十年前にウィーン大学で博士号を取って、その後東大助手のポストが与えられたが、それもまったく偶然のことである。いまでも、博士号をもちながら無職の人は周囲にうじゃうじゃいる。私は学歴の価値を認めるが（高学歴の人はアタマのいい人である）、それは生活力とは無縁であることも身に沁《し》みて知っている。私は常に非常にアタマのいい人たちに囲まれてきたが、彼らのほとんどは現在日本社会の指導的地位にいるわけでもなく、大金持ちでもなく、有名でもなく、人間的魅力に溢《あふ》れているわけでもなく、道徳的に優れているわけでもない。慎ましい庶民であり、ただある種の基礎知識と判断力をもっており、これは付き合ううえでラクであり話が合う。それだけである。

息子の話に戻ろう。彼は勉強が徹底的に嫌いであり、勉強をしている姿を見たことがない。とすれば、大学に行く必要はないわけだ。大学とは勉強をするところだから。だから、すべての大学入学試験に落ちても仕方ない。そして、それは生き方としてまったくかまわない。オワリ。単純明快である。

卒業に関しても、この一風変わった青年は、成績も出席日数も最低のラインで卒業することを狙《ねら》っているようなので、事務の女性には「そのようですから、〈計算間違い〉が起こらないように指導してください」と言っておいた。

最終試験も終わったが、さて一体ウチの子は卒業できるのか、さっぱりわからない。日本人の父母に尋ねようにも、みんな卒業できることは当たり前と考えているので、まともに受け取ってくれない。学校に問い合わせるにしても、いまさら恥ずかしいし、それに少々怖い。本人は「できるはずだよ」と平然としている。でも、〈計算間違い〉もあるかもしれないじゃないか！　飛行機の切符も予約しなければならないが、勇んで行ったところ、じつは卒業できないと判ったとしたら、アホらしいことこのうえない。でも、まっいいか。そんな体験もまたわが家らしい、と思っているうちに、ウィーンの家内から順番に連絡が入る。「どうも大丈夫そうよ。学校から落第通知来なかったから」。そして、卒業式の数日前に「絶対大丈夫よ、卒業式に着るガウンと帽子もらってきたから」。そう言って、電話の向こうで涙を流して喜んでいる。ガウンと帽子をもらった時点で、息子の卒業を信ずる親がいるものか！

卒業式は、夕方から豪奢《ごうしゃ》な王宮の一室で。家内は薄い藤色の和服姿。やがて、卒業生が黒いガウン姿で入場。息子はふてくされてネクタイを外している。長い長い祝辞が続き、次々に成績優秀者とクラブ活動やボランティア活動などに秀《ひい》でた学生が壇上に呼ばれるが、いつまで待ってもウチの息子は呼ばれない。そして、最後は卒業生が歓声とともに一斉に帽子を天井めがけて投げ上げ、式は終わった。ふと息子を見やると、嬉々《きき》として周囲の学生仲間と抱き合っている。その後、隣の部屋で立食パーティ。多くの先生方と挨拶《あいさつ》する。家内はそのたびに涙ぐんでいる。他の人はいろいろ将来の話をしているが、われわれ二人はいつまでも「ああ、卒業できてよかった、ああ、よかった」とため息をつくばかり。私から逃げるように動く息子をつかまえて「おまえ、抱き合っていたじゃないか」と言うと、ぼそっと答えた。

「ああ、愛想疲れした！」

（二〇〇三年九月号）

私に近づくな

私のところには全国から「生きにくい」と訴える手紙が届く。そんなに多くはなく、週に二〜三通といったところ。ひきこもり歴×年とか鬱病《うつびょう》や強迫神経症やPTSDという病名を明示してくる者もいる。なかには「自殺してしまいたい」というギリギリの訴えもあって、さてどう対処したらいいものかと腕を組んでしまう。私は精神科の医者でもなくカウンセラーでもない。私にではなく、斎藤環《たまき》さんや香山リカさんに手紙を出せばいいものをとも思うが、そんな数々の手紙の文面をつぶさに点検していくと、カウンセラーではなく私に心を開こうとする意図もおぼろにわかってくる。

その中のごく一部が、私が主宰している哲学塾「無用塾」にやって来るが（いまは多様な理由により休んでいる）、ある中年の婦人は「ここに来てから、薬の量が二十四錠から十二錠に減りました」と大まじめに語った。心の病をかかえている者が私のところに来る理由の一つに「治りたくない」というものがあろう。あらゆる精神科医やカウンセラーは治そうとする。つまり、患者をフツーにし、社会に適応させようとする。しかし、私はこのすべてに意味を認めない。血の出るような苦労のすえフツーになったって、「死ぬこと」をはじめ人生を形作る過酷な事態は何も解決されない。ただ、感受性が鈍麻してゴマカシがうまくなるだけである。とすれば、治らずにこのまま生き続ける道はないものだろうか？　漠然とこう考えて、心の病を自覚した少数の人が私に近づいてくるのではないだろうか。心の病と哲学は一応別である。しかし、私の体験からして、哲学はやはり心の病にきわめて近いところに位置する。哲学をすることによって、どうにか精神のバランスを保っていられる（私のような）者がいる。もちろん、こういう大森荘蔵譲りの「哲学病気説」という哲学観を嫌悪《けんお》する哲学（研究）者も多い。しかし、いまは一般に哲学とは何かが問題なのではない。私の哲学観に共感を覚えて集まる青年たち（中高年もいるが）にどう向き合うかが問題である。

さまざまな著書で、私はどうせみんなあと数十年で死んでしまうこと、人生とは生きる気力さえなくなるほど残酷な修羅場であること、とくに三十歳を過ぎたら醜悪な「余生」が広がっているだけであること、を執拗《しつよう》に語っている。しかし私は、絶対に死んではならない、とも書いている。考えてみれば、この二つを合わせると、私の要求はずいぶん過酷である。生きている不幸を骨の髄まで自覚せよ、しかし死んではならない、というのだから。しかも、この自覚のもとに「どう」生きればいいのか、私はいかなる具体的な回答も示していないのだから。

最近は、こうした私の要求に対する批判の声も聞くようになった。いい傾向だと思う。彼らは心の病においては「軽い」ほうであり、自己愛が人並み以上に強く、一方で人生の虚《むな》しさを実感していながら、他方で社会的な成功を求めている（ちょうど若いころの私のように）。両者を一挙に解決する道はあるのか。一つだけある。それは、哲学を職業にすることだ。こうした青年は、私の本と出会って、ついに長年の問いが氷解した、自分は哲学をするべきなのだ、そうすれば一挙にすべては解決されるのだ、こう身体《からだ》の底から確信するのである。

この段階で、少なからぬ青年は大学の所属学部学科を文学部哲学科に変更したり、哲学科大学院の受験に挑んだり、あるいは会社をやめたりする。どうにか哲学科にすべり込めば、あるいは哲学する場が与えられれば、さしあたり救われるが、そうでない場合、ますます社会的適性は失われてゆく。いままでどうにか飼い馴《な》らしてきた社会性は「哲学」という怪物に出会ったとたんこっぱ微塵《みじん》に吹っ飛んでしまった。彼らは哲学に進むこともできず、といって社会に戻ることもできず、人生の岐路で途方に暮れるのである。

こうした犠牲者を産出している私は、はっきりした社会悪ではないかと思うこともある。彼らをそっとしておいてあげたら、そこそこ幸せな人生を送れたかもしれない。それなのに、私は彼らの鼻先にグロテスクで虚しい人生を「見よ！」と突きつけるのだ。久しぶりに無用塾に来たひきこもりがちの青年に、帰りの電車の中で「最近どう？」と声をかけると、「中島さんに会っていないと元気になるけど、きょう来たらまた元気がなくなった」とぽつりと言った。「じゃ、来なければいいじゃないか」と答えると「でも来てしまう」という返事。ガラス細工のように繊細な青年は、緊張した面持ちで「無用塾に来たらもう終わりだと思った」と告白した。自分の中にこれまで哲学と呼べるような何かを確認してきた。しかし、それを育《はぐく》む場が与えられるのは、邪悪な道に踏み込むようで無性に恐ろしい。私も二十歳のとき、大森先生に会いにいったら、やさしく「来なさい」と言われ、（シューベルトの歌曲における）魔王から「おいで」と言われたようで恐ろしかった。だから、この青年の気持ちは痛いほどわかるのだ。

私は、こうした「犠牲者」に対して自責の念がないわけではない。しかし、自分自身に誠実であるためには、これからも私は「どうせ死んでしまう」「人生は理不尽の極みである」「あなた固有の不幸を自覚せよ」と言い続けていくほかないであろう。それが社会（青年）に悪影響を与えるという非難は甘んじて受けるが、そう語るな、そう書くな、という命令に従うことはできない。ただ、生きる力の弱い青年たちには「私に近づかないでほしい、近づいても埋没しないでほしい、埋没しそうになったら私のもとを去ってほしい」と願うしかないのである。

（二〇〇三年十月号）

私は人を救えない

　前回の続き。このところ、私の本を読んで「生きる苦しみ」を訴えてくる者がますます多くなった。夏休み中のある日、講談社から速達を受け取る。二十八歳の青年が会社の寮から失踪《しっそう》したらしい、心当たりはすべて確かめたが、もう一カ月半も居所がわからない、彼の机の上に私の本があったので、私に連絡したのかもしれない、という母親からの手紙が同封してあった。雲を摑《つか》むような話であるが、じつは失踪の日から数えて一週間ほど経《た》った日に、若い男の声で「中島先生に会いたい」という電話を家内が受けたのだ。こういう類《たぐい》の電話は取りつがないように言ってあるので、家内が「あらためて手紙を書いてください」と答えたが、そのままである。

彼かどうか定かではないが、失踪したKさん、万が一このコラムを読んでいたら、ただちに新潮社か電気通信大学に連絡してください。

一度、私の主宰する哲学塾「無用塾」(ただいま無期休塾中)にやってきた中年の男は、暗闇《くらやみ》に吸い込まれるような自殺願望があり、私に「ライフ・ライン」を求めてきた。私にそんな重役が務まる自信もなく、といって断るわけにもいかず、メールアドレスを教えたが、ある日「ついにロープを買ってきました」という連絡を受け取って、気も動転、学内の保健センターの精神科医に相談に行った。その後一度だけ、彼から冷静なメールを受け取ったが、恐ろしいのでこちらからは連絡しない。

先日は大学の学科事務室から連絡が入る。高校三年生の息子が自殺未遂を繰り返しているので、相談に乗ってほしいという母親からの電話である。長くひきこもっていて、私の本を貪《むさぼ》るように読んでおり「ぼくを救えるのは中島先生だけだ」と宣言しているということである。相当躊躇《ちゅうちょ》した後で、本人に連絡。意外に冷静な口調で喋《しゃべ》りつづけるが、首吊《つ》り自殺を試み、意識がもう少しでなくなるときに、先生の『カイン』の中の「きみは死んではいけない」という文章が耳元に響いてきて、思いとどまった、という話など聞くと、ああっ！　と叫びたくなる。私のほうが変になってくる。彼が死ぬと困る。だが、私は何もできない。彼をずっと監視しているわけにもいかず、といって彼に確実に自殺を思いとどまらせる技術を持ち合わせているわけでもない。長電話の中で彼が会いたいと言うので、例外的に会うことにした。

ほっそりとしたフツーの子で、四時間も話した。翌日には「カウンセリングの数十倍も癒《いや》されました」というメールが入っており、ほっとする。しかし、予想通り、一週間するとまた大学事務室から電話を受ける。彼が「苦しいのですぐに連絡をくれ」ということ。すぐに電話すると、昨日までは天地がひっくり返るほど気力があったのに、急激に憂鬱になり、また自殺衝動が出てきた……という話。私は電話を途中で切り、早速お母さんの携帯電話に向かって「なにしろすぐに家に帰ってください。そして、お母さんが相談に乗ってやってください。私はもう限界です」と叫ぶように言った。私の豹変《ひょうへん》によって、彼がもっと他人が信じられなくなるのではないかと思い、彼に会ったことを激しく後悔する。

その前も、複数の人から頻繁に「相談したい」という手紙が来たので、数人一緒ならいいだろうと研究室に来る日時を指定すると、二人ほどやって来た。一人は父親と一緒。その青年に「何が問題なの？」と聞くと、「このままひきこもっていると、いずれ餓死するんじゃないかと怖くてしかたない。先生、餓死って苦しいんでしょうか、教えてください」という問い掛けに、唖然《あぜん》とする。しばらく話して、私は何もしてあげられないこと、「無用塾」はそういう人のための場ではないことを伝えて帰ってもらう。別の日、ずっと塾を休んでいる中年の婦人からしばらくぶりに手紙を受け取ると「×月×日にこの世から去る予定でしたが、また失敗しました」と書いてある。もちろん返事は出さなかった。

あまりにもこういうことが続いたので、自分でもどうしていいかわからず、つい先日ドラッグ常用者を救おうと身体を張って奮闘している水谷修氏に相談した。いいかげんな応対が一番いけない、ということはわかる。彼のように、夜中でも早朝でもたたき起こされ、「いまから殺しに行くからな！」という脅しにも屈せず、やくざから足を洗わせるため身代わりに指を詰めるという壮絶な戦いに挑む気力はない。とはいえ、なりふり構わず自分を守りたいわけでもないのだ。本を書くとは、思いがけない波及効果を引き受けることである。確かに、私の本を読んで自殺する男女がいるかもしれない。私はそういう奴《やつ》は仕方ないさ、自分には関係のないことだ、と居直ることはできない。彼らの自殺を全力で阻止したいという気持ちはやまやまである。だが、現実問題としてその一人一人に私の人生を差し出すことはできないのである。

一時はこういう人のために「哲学によって癒される可能性」を探究したかった。だが、たちまち私自身が潰《つぶ》れてしまうかもしれない。それでもいいかなあと腹を括《くく》ったこともあるが、何の効果もないならまだしも、逆に社会に巨大な害悪を撒《ま》き散らさないとも限らない。だから、きっぱりやめることにしたのである。七月初めに、哲学を志し私を慕っていたH君が（限りなく事故に近い）自殺を遂げた。しばらくは泣いてばかりいた。H君を救えなかったことが、きりきりと私を責めたてた。そのための罪滅ぼしという意味もあり、自分をあえて針の筵《むしろ》に座らせようという意図もあって、一歩を踏み出してみたが、私はやはり他人を救うことなどできない、弱く卑怯《ひきよう》な男なのである。

（二〇〇三年十一月号）

「共感する」ことができない

三年前（二〇〇〇年八月）に新潮社から『私の嫌いな10の言葉』を刊行し、それが今年三月に新潮文庫に収められた。私の本の中では売れ行きのいいほうで、いままで文庫版と合わせて八万部を超えた。特筆すべきことは、読者からの手紙の多いこと。たいした部数でもないのに、百通を優に超え、今なお更新中。「あとがき」に、「もし、あなたがこうした言葉に関して私と似た感受性をおもちでしたら、ご一報ください」と書いたからかもしれないが、「あまりにも私の感受性に似ているので驚きました」とか「これまで自分がおかしいのではないかと思っていましたが、この本によって救われました」というような手放しの賛同が多い。

ちなみにその10の言葉をここに書き写してみれば、「相手の気持ちを考えろよ！」「ひとりで生きてるんじゃないからな！」「おまえのためを思って言ってるんだぞ！」「もっと素直になれよ！」「一度頭を下げれば済むことじゃないか！」「謝れよ！」「弁解するな！」「胸に手をあててよく考えてみろ！」「みんなが厭《いや》な気分になるじゃないか！」「自分の好きなことがかならず何かあるはずだ！」である（まだ読んでいない人、興味ありましたら読んでください）。

人類はこうした言葉が好きな人種と嫌いな人種に二分される。前者は絶対多数派であり、後者は絶対少数派である。後者の中でも、私のように、こうした言葉を撒き散らす奴に殺意を覚えるほどの者はそんなにいないであろうが、これらの言葉を投げつけられて息も絶え絶えの者が、全国から熱っぽい賛同の手紙をよこす。悲惨な現実である。

では、誰がそんな残酷な仕打ちをするのか。鬼か？　悪魔か？　いえいえ、あなたの周囲にびっしりと席を占めている「善良な市民」という名の多数派である。言い換えれば、他人と「共感する」ことに無上の価値と美を置いている者、それに無上の喜びを感ずる者、感じなければならないと信じている者である。彼らが手に負えないのは、こうしたことが好きな者たちだけで、肩をたたき合い励まし合っていればいいものを、この教義を「みんな」に要求することだ。いたるところで共感を強制し、それでも共感しない者を、哀れみ、軽蔑《けいべつ》し、排斥する。

私は小学生のころからこの共感能力が極端に欠如していたので、今なおこういう輩《やから》に対しては深い恨みのようなものを抱いている。だって、そのころすでに、自分の好きなことが大多数の子供たちの好きなことと完全にずれていたのだから、共感のしようがないじゃないか。私は遊ぶことが嫌いで、給食が嫌いで、運動会や遠足が嫌いであった。勉強が好きで、テストが好きで、宿題が好きであった。すると、ベクトルはみんなと正確に逆になるのだから、共感するためには、自分が大嫌いなもの、例えばソフトボールも楽しそうにしなければならず、自分が大好きなもの、例えばテストも厭々そうに受けねばならないわけである。十歳の私は、もしこの言葉を知っていたら、「共感する」とは、少数派が多数派に一方的に共感することであり、多数派は決して少数派に共感しないこと、このことを腹の底から理解したことであろう。

後遺症は大きい。共感とは他人が喜んでいる時に自分も喜び、他人が悲しんでいる時に自分も悲しむことであるが、こうした少年時代からの過酷な体験によって、心はねじ曲がり、私は自然にそう反応することができなくなっていった。他人がどんなに喜んでいても、ちっとも嬉《うれ》しくないのであり、どんなに悲しんでいても、わずかにも悲しくないのである。いや、もっとたちが悪い。人が喜んでいると、なんとなく心は沈んで暗くなり、人が悲しんでいると不思議に心は明るく晴れ晴れとしてくるのだ。まさに人間のクズであるが、この通りなのだから仕方ない。私はこれがすばらしいと言いたいわけではなく、多数派に勧めたいわけでもない。もう、どうあがいても変えられないのだから、変えたくないのだから、そしてこうした感受性の発露は多くの人に不快感を与えるのだから、そっとしておいてほしいだけなのだ。

だが、この「慎ましい」要求さえ、眼の前で踏みにじられる。共感を要求する多数派は、地の果てまでも私を追跡してくる。そういう私も、彼らの軍門に降《くだ》りたくなかったから、長い年月をかけて、さまざまな技術を習得した。まず、独りでいる訓練。私は数カ月間誰にも会わずにいても大丈夫、全然淋《さび》しくない。これに関係するが、独りでできる仕事を見つけること。つまり、世間から顰蹙《ひんしゅく》を買うこうした感受性を貫くための経済的基盤を整えること。私の場合は、大学教員と物書きというわけだが、現在どうにか基礎工事を終えたところかな。そして最後に、私の美学がわからない、わかろうとしない目障《めざわ》りな他人（つまり、人類のほとんど）を次々に殺す（切り捨てる）こと。これも、着々と実行しつつある。

私は読者の手紙に対して返事を書かないので、以上、この機会にお答えしました。私の感受性に賛同してもいいけれど、多数派に抗して自らの信念を貫くのは茨《いばら》の道のりを歩むこと。ちょっとやそっとでは多数派はあきらめませんぞ。あなたの「回心」を辛抱強く待ち続け、ちょっと油断したすきに、あなたの城に大軍を率いて侵入し、メタメタに破壊しようとする。そうされたくなかったら、常日頃、前後左右を警戒し、「共感しない心」を大切にはぐくみ、磨き上げ、今から、少数の者には厭がられ、大多数の者には忘れられて、独り死んでいく準備をすること。それが恐ろしいのなら、あなたは多数派に改宗したほうがよい。いや、すでにあなたは立派な多数派です。

（二〇〇三年十二月号）

虚《むな》しさ以外の何も感じない

今年（二〇〇三年）四月に勤務校（電気通信大学）の学科長にさせられてしまって、その後うまくやっているのかと心配してくれる読者もいるだろうから（いるわけないか！）その後の経過報告。

「うまくやっている」のである。じつは、私は小さな組織をまとめる経験は豊かであり、しかも決して無能ではない。いままでも「カント研究会」「大森先生を囲む会」「無用塾」という三つの組織を作った。こういう会を作ると、私は随分まめである。会の運営に関することを一手に引き受け、終了後の飲み会の席まで設定し、出版社との交渉に粘りをきかせ、会員一人一人の悩みを熱心に聞いてあげる。それで、権力を握ること、自己利益を追求することを極端に厭がるのだから、人（とくに若い人）がついて来るのはあたりまえ。例えば、私はどの会でも「長」にはならないし、組織の中に上下関係ができないように細心の注意を払う。これは私が潔癖で誠実な人間だからではなくて、いわば趣味である。将軍より水戸《みと》黄門のほうが数段カッコいいと思うのだ。いつも権力を振り回しているよりも、いかなる権力者も私を無視できない立場にいるほうが望ましい。自分の「美学（ダンディズム）」を全《まっと》うするために、私は奮闘しているだけである。

なかでも私が誇りに思うことは、若い人々がこうした会を踏み台にして、自分の居場所を見つけること。私を「抜かして」有名大学の哲学科のポストを得たり（私には哲学科のポストは降ってこない）、私を「さしおいて」カント全集の翻訳や大森荘蔵著作集の企画に選ばれること（威張るわけじゃないけど、私は両方の企画からはずされた）。さらには、会の構成員のうち、少なからぬ人が、私を軽蔑している（らしい）こと。あえて言えば、「精神的自傷行為」かなあ。ひりひりするほど「心」が痛いのに、同時に妙に気持ちいいのである。こうした仕打ちを受けて、ようやく安心できるのである。

自分が作った会に対する愛着はまったくない。いつ潰れてもいいと思っている。だが、不思議なことに、私が会を作るとその会は延々と続くのだ。「カント研究会」は十六年（百七十回以上）、「大森先生を囲む会」は先生の亡《な》くなる直前まで五年以上、「無用塾」も六年（百四十回以上）という具合である。私が行かなくなっても（例えば「カント研究会」）私の美学通りに続いていく。時折、黄門様として偵察に行き、悪代官を見つけたら懲《こ》らしめる……ということはない。

さて、こうした経験と実績から、小さな組織の舵取《かじと》りとしての学科長をこなすことにそんなに苦労はない。仲間の教官たちは誤解しているようだが、私は無能だから学科長になることを渋ったわけではない。自分が作った会と違って、学科長の任務を遂行する意味（価値）をまったく感じないから、辞退しようとしたのである。だから、案外評判がよくても何の喜びもない。依然として「つまらない、つまらない」と言い続けている。

先日は次期学長に呼ばれ、学内行政にもっと尽力してくれないかと誘われ、一刀のもとに切り捨てた……じゃなくて断った。「学科のため電通大のために時間を費やした後は、虚しさ以外の何も感じません。じつのところ、学科や大学などどうでもいいからです」と答えた。さらにトドメとして「あまり強引に勧めたら辞めますよ」と凄《すご》んだら、笑いながら「居てくださるだけで結構です」という回答。すべてが冗談半分であることはわかっているが、こちらは本気である。もうじき死ぬのに、限られた時間を、非常勤講師の削減とか、人事方法の刷新とか、卒業に必要な単位数の見直しとか、退官教授記念祝賀会の打ち合わせとかの「くだらない」ことに使いたくない。

なかでも私が耐え難いのは、さまざまな採用人事や昇進人事。学科長はすべての人事を掌握しておかねばならず、高校からの推薦学生の面接、高専からの編入学生の面接、大学院入試の一環としての面接、教官の採用にあたっての書類審査および面接、昇任人事のための書類審査、さらにはパートの事務員の面接等々、自分を棚に上げて人を「裁いて」ばかりいる。まず、膨大な時間がとられる。先日の英語教官の採用では、最終選考に残った四人に各人一時間半の模擬授業をしてもらい（合わせて六時間）、しかもその後二時間に及ぶ大議論の末、結局誰も採らなかった！ これは、悪い冗談としか思えない時間の無駄である。

だが、人事におけるそれ以上の苦痛は、人を裁くこと。何で他の教官たちは、

「君のしたいことは何なの？　どうも伝わってこないなあ」とか「そんな将来設計ではやっていけないよ」とかヌケヌケと発言して、良心の呵責《かしやく》を感じないのであろう。面接を受ける側も有罪である。みな紋切型のお世辞たら、電通大の繁栄と発展が自分にとって人生の最高目標であるかのような答弁にあきれ果て、勉学に励み、研究・教育に励み、社会活動に励み、立派に生き抜くという選手宣誓のような言葉に辟易《へきえき》としてくる。「あなたの一番好きなことは何ですか？」と聞かれて、なぜ誰も「セックスです」と答えないんだろう。「あなたが大学に入ったらまずやりたいことは何ですか？」と聞かれて、なぜ「奥さんから彼を取りもどすことです」とか「女子トイレに隠しカメラを取り付けることです」とか言わないんだろう。私とて、誰も彼も受かりたい一心で嘘《うそ》をつくことくらい知っている。だが、これほどの嘘、嘘、嘘のオンパレードに「なんともない」面接官も受験者も、やはりおかしいんじゃないでしょうか。

というわけで、苦しみあえいで続けている学科長の任期は来年（二〇〇四年）三月末まで。もうちょっとやりたい……なんて思いません。

（二〇〇四年一月号）

暗い一年だった

「みなさん、あけましておめでとうございます」とは言いたくない。なぜなら、これを書いているときは、まだ二〇〇三年の暮れなのだから。私は相手（読者）の立場に立つことができない人間なのだから。というわけで、明日からまたウィーンだが、そんな時に二〇〇三年を振り返ってみると、はなはだ暗い一年であった。もちろん、景気なんかどうでもいいし、日本の現状にいささかも嘆いているわけではない。あくまでも、個人的に暗い一年だったということ。そして、それを確認してほっとしている、といったところである。

このところ、すべてのことに関して向上心が薄れ、以前に増して怠惰になった。

だから、必然的に他人からの評価も下降の一途をたどっているようで、とくに書くことに関しては「長期停滞」という言葉がぴったりの一年であった。なじみの編集者からも「このままでは尻《しり》つぼみで駄目になる」とか「金を払って読む価値なし」といった罵詈《ばり》雑言《ぞうごん》の砂嵐《すなあらし》。そうだなあと思いつつも、そういうふとどき千万な輩《やから》をすべて「成敗」した。ということは、だんだん「本当のこと」を言ってくれる編集者はいなくなるわけである。

家族関係も最悪。息子のウィーンのインターナショナルスクール卒業とともに、妻と息子が世田谷のマンションに「住み着いて」仕事もままならず、身体《からだ》の底からの不快感を示すために、この半年間互いに口をきかず一緒に食事しない無声映画のような光景が続いている。

こうして、自分は境界型精神障害だと高を括《くく》っていたが、どうもこのところ境界を「乗り越えて」しまったらしい。傲慢《ごうまん》のくせに怠惰、嫉妬《しっと》深く、欲深く、軽薄で、残忍で……、と自分が必死に押し隠していた厭《いや》なところばかりが露出してきた。老人性痴呆症《ちほうしょう》の明らかな兆候であろう。私にもっと道徳心と自尊心と美的センスがあったら、このあたりで「自害」するのであろうが。

それにしても、一番の痛手は私のすぐ近くで起きた二人の死である。一人は（一度このコラムでも告白したが）H君の入水自殺である。彼は五十錠の睡眠薬を呑《の》みさらに一升の酒を飲んで海に入っていった。その時は意識も朦朧《もうろう》としていたであろうが、その前には独り暗い浜辺にいて、激しく泣いたように思う。「中島さん、狡《ずる》いよ」と呟《つぶや》いたように思う。それを思うとたまらなくなる。私は「もう限界です」という彼からのファックスに対して「自分で解決しなさい」と返事したのだから。お棺を開けて彼の黒ずんだ顔を見た時、はらはらと涙がこぼれた。

そして、もう一人は私が学生のころから付き合っていたT君がエイズによる壮絶な死を遂げたこと。十年前にパリで感染したらしいのだが、その後抗HIV剤が次々に開発されて、病状は思いのほか悪化しなかった。だが、時には「世の中のすべての奴《やつ》に感染させたい！」と鬼のような形相で語ることもあった。そんなとき、私は非難しなかった。そうだろうなあと思っただけである。「何か僕がしてやれることあるかな」と問うと、にやっと笑って「殺してもいい？」と言うこともあった。そして、五十六歳の誕生日の翌日、誰にも看取《みと》られずに病院の個室で独り死んだ。お通夜《つや》も葬式もなかった。二日後に、遺体を焼いただけである。

H君とT君の二人は、互いに何の関係もない。私にとっても——酷《むご》いことを言うようだが——特別に大切な人々ではない。普通の意味で、私が二人に対して責任を負うことはない。だが、なんとなく自責の念を吹っ切れないのだ。なぜか？　生きることにはなはだ不器用で、世間的にもまったく報われなかった二人に、私は自然に自分の人生を重ね合わせてしまうからのようである。結果論であるが、私もちょっとしたボタンの掛け違いで、彼らのような人生を歩んだであろうと思ってしまう。自分の（ある種の）器用さとはなはだしい狡さを再確認して、嘔吐《おうと》感《かん》に襲われるのだ。

とはいえ、事実であるから言うと、私は彼らの死に対してあまり悩んでいない。断じて、精神がおかしくはならない。不眠症にも、食欲不振にも陥らない。そしてこのこと自体に私は自責の念を覚えるのだ。私はもっともっと悩むべきなのであるが、そうはならない。悩むことによって自分自身に対して免罪符を発行する、という自分の狡猾《こうかつ》な意図を見抜いてしまっているからである。だが、こういうことを続けていくうちに——よくしたもので——、私はますますどんよりとした空気の中に住むようになった。自責の念も薄いが、人生の喜びや輝きは消え入りそうに影が薄くなった。ああ、これが俺に対する本当の罰なんだなと自覚して、少し安心している。

ここで行き止まり、それはようくわかっている。究極のエゴイズムと究極の自己愛が、どんなにその人を滅ぼすか知っている。だが、引き返すことはできない。ここに留まり続けるしかない。そして、狡賢い私は次のこともよく知っているのだ。すなわち、この世のすべてが偶然であること、われわれ人間には計量できない膨大で複雑な要因が絡《から》み合ってすべてが動いていくこと、だから本来われわれは何事に対しても「判断停止」しなければならないこと、これである。H君がなぜ自殺したのか、T君がなぜエイズに感染し発病したのか、H君やT君が死んでしまって、なぜ私がぬけぬけと生きているのか、何もかもわからない。この単純な無知の自覚が、私を狂気に陥らせないのではないかとも思っている。

こうして、徹底的に暗かった二〇〇三年もまもなく終わる。来年の抱負も期待も何もない。身体の芯《しん》まで凍りつくような寂しく貧しい年末である。

（二〇〇四年二月号）

哲学という病

ちょっと親バカ

連載を一回休んだ。病気だったからでもなく、締め切りに間に合わなかったからでもなく……、じゃ、なぜ？（＊）

さて、昨年六月にウィーンから五年ぶりに帰国した息子が、二月に家を出て、吉祥寺のアパートに移り住んだ。四月から都心の大学に通うわけだが、通学時間は世田谷の家からと変わりない。家内も私も三十三歳でウィーンに飛んだ際、はじめて親元を離れたのだが、そうあってはならないと決意したのであろう。息子とは五年も離れていたのだし、ある時期を境に彼は私を拒否し、家にいてもまったくコミュニケーションのない関係が続いていたのだから、かえってお互いにほっとしたというところ。とはいえ、これほど父親に反抗しているのに、きわめて似たところがある。ひとことで言えば、どこまでも「自分本位」であること。

ウィーンに着いてはじめの半年は、ソフトランディングを考えて（私たち夫婦が二十年前に勤務していた）日本人学校に通わせたが、その後の四年間はアメリカンインターナショナルスクール（略してＡＩＳ）にやった。予想していたことではあるが、それぞれの学校を支配する空気は恐ろしく違う。正確に反対というわけではない。「ここ」で通ずることが「そこ」では一向に通じなく、「そこ」で非難されることが「ここ」では容認され、「ここ」で賞賛されることが、「そこ」では無視される。そういう形での画然とした齟齬《そご》である。ウィーンを訪れる前、自由教育で名高い三鷹《みたか》のＭ学園中等部に一年間通わせたこともあって、息子ははじめから日本人学校に馴染《なじ》めなかった。彼は活発な子なのだが、独りでいることが好きである。スクールバスを利用したがらず、食事も独りでとりたがり、放課後や休日に独りで（サッカーの）ドリブルやヘディングの練習をするのを好んだが、こうしたすべてがこの日本の飛び地では「問題」になった。だが、彼はその後ＡＩＳでも同じ行動をとったが、みな放っておいてくれるのだ。日本人学校では独りでいると、教師は「どうした?」と病気であるかのように心配するが、ＡＩＳでは、「ヨシは注文した皿を持って、食堂からふっと独り消えてしまう」とただ笑っているだけである。

私にとって、小学校から高校まで学校が地獄であった理由は、まさにここにある。独りを好むのは病気なのであり、だから「治さねば」ならない、そう確信した人々が前後左右から熱い息を吐きながら押し寄せてきて、絶対に許してくれなかった。だが、このたび息子を観察して、それほど独りでいることはいけないことなのか、と改めて考えさせられてしまった。みんな一緒に同じ物を食べるという日本型学校給食は、まるで拷問《ごうもん》である。昼食は食べたい物を食べればいい。食べたい奴《やつ》だけ食べればいい、何も食べたくなかったら、食べなければいい。わが子が食べないと親たちは天地がひっくり返ったかのように驚きあわてるが、一日位食べなくても死にはしない。運動会もしたい奴だけすればいい、遠足も行きたい奴だけ行けばいい……。

と言うと、必ず「そんなわがままでは生きていけない!」と叫ぶ御仁《ごじん》がいるが、そんなことはない。私の教育論は至極単純である。人生短いんだから、子供たちにしたくないことを無理やりさせて苦しめることはやめよう、なるべく本人のしたいことをさせよう、というもの。だからといって、すぐさま夥《おびただ》しい子供たちが人を殺したい、ヤクを手に入れたい、と絶叫するわけではあるまい。結構常識の枠内に納まるように思う。この国では、ほとんどの人が、「協調性がないと、生きていけない！」という強迫神経症に陥っている。なぜなら、親も教師も上司もそう教えるからである。だが、これが真っ赤な嘘《うそ》であること、何の根拠もない「おどし」に過ぎないことが、五十代も半ばを過ぎてようやくわかった。私の周りにひしめいている「人間関係で悩む」青年たちは、こうしたおどしの正真正銘の犠牲者である。悪徳商法にひっかかったかのように、ただ「協調性がない」というだけで、自分を欠陥人間だと信じ込んでいる。よく考えてみると、世の中には独りで（独りだからこそ）できることが山のようにある。そういう職種を見つけて、協調性を持たずに生き続け、そして死ねば、それでいいのである。

息子は（親に似て）言葉を文字通り受けとり、わからなければ聞く態度を貫いている。だが、これも日本人学校ではひどく厭《いや》がられた。学校でボランティアの募集があった時、息子は手を挙げなかった。先生が「どうした？」と聞くものだから、「ボランティアだから、したい人だけすればいいと思って」と答えると怒られた。

職員室に出入りするときは「失礼します」と挨拶《あいさつ》することになっているが、「なぜ、そう言わなければならないんですか？」と聞くと、反抗的だとみなされた。こうして、彼はみなが当然と思う所でことごとく躓《つまず》き、悲鳴を上げていた。だから、ＡＩＳに移って随分気が楽になったように思う。

ある日校長から、ヨシがクラスメートを殴ったので、罰として食堂の掃除三日を言い渡した、という連絡を受けたとき、正直言ってとても嬉《うれ》しかった。ガイジン（白人）の子を殴るなんてスゲーと喜んだ。先生が数人の証人を呼ぶとヨシもそれを認めた、ということである。公正であり、とくに掃除をさせるとは、なんと気が利《き》いているんだろう。とはいえ、息子はＡＩＳに満足していたわけではない。最後まで、ウィーンには仕方なくいるという態度だった。それでも、この前バイトした金で、独りでウィーンに二週間ほど行ってきた。なあんだ、何やかや言って、やっぱりウィーンが好きなんじゃないか！

（二〇〇四年四月号）

＊連載担当編集者Ｙ氏と喧嘩《けんか》したため。（二〇〇六年四月記）

彼　したたかになれない

例えば、こういう男がいるとする。淋《さび》しくてしょうがない。友達が、恋人が欲しくてしかたない。だが、できない。彼は毎日天井を見つめながら「ああ、俺って何でこうだめなのだろう」と考えている。こんな俺みたいな男は生きている価値がないんじゃないか。でも、死ぬのは恐ろしい。踏ん切りがつかない。

彼は十七歳なのではない。そう、二十四〜二十五歳くらいがちょうどいい。そろそろ世間の風当たりが強くなってくる。定職もなく、ずっとフリーターでやっていくことに、一抹の不安を覚え始める。まったく新しいことを手がけることが、そろそろできなくなる年齢である。世間に順応した同年輩の男たちには、そろそろ社会的「かたち」ができてくる。結婚をしても不思議ではない年齢である。だが、高校生のころより抱いてきた「ああはなりたくない」という気持ちに変わりはない。いまならまだ間に合う、もう少しすると完全にヤバイ事態となるとわかっているのに、夢の中で追いかけられているように、脚が動かないのだ。

仕事自体が厭なのではない。それを積極的な態度で（大まじめに）しなければならないことが厭なのだ。といって、仕事で無能だとみなされるのは耐え難い。そう思い、つい根をつめてがんばってしまうと、今度は評価され期待されて、苦しくなる。一挙に辞めたくなる。

こういう青年に月並みのカウンセリングは効き目がない。友達がいないこと、恋人ができないことは、すべて自分に原因があることを知っているのだから。しかも、そういう自分を変えたくないのだから。「友達ができないいんです」という謙虚な響きのうちに、フツーの人とは正反対のベクトルを認めなければならない。その理由は「みんなが自分を嫌うから」ではなくて「自分がみんなを嫌うから」なのだ。自分に魅力のないことを訴える者に対しては、肩を叩《たた》いて「自信を持ちなさい」と励ますこともできようが、彼は自分に十分魅力があることを知っている。ただ、そういう自分に「合う」人がいないのである。それは傲慢《ごうまん》至極だが、やはり淋しいものである。

ここから話はややこしくなる。彼は、こんな自分を理解してもらいたいと全身で叫び声をあげる。だが、いざ彼を理解する人、理解しようとする人が眼前に現れると、一目散にその人から逃走しようとするのだ。なぜなら、理解されることは負担であるから。理解され続けることは草臥《くたび》れることだから。さらにさらに理解されようと必死になることだから。あげくの果ては、理解されたいがゆえに相手に合わせて演技している自分を見出《みいだ》して、自己嫌悪《けんお》に陥ることは目に見えている。つまり、彼を理解する人は、理解することによって彼の「自己」を奪うのである。彼を「がらんどう」にするのである。

これは、そのまま愛の場合にも当てはまる。いや、ますます鮮明になる。彼は「愛されたい！」と悲鳴を上げる。だが、愛する人は彼の「うち」に無遠慮に入ってきて、彼をこなごなに砕く。彼を欲望の樽《たる》の中に沈めて吸い尽くす、食い尽くすのだ。

こうした恐ろしさを知っているものだから、彼は、他人を理解しようとは思わない。愛そうとも思わない。地獄をなんでわざわざ自分が造りあげる必要があろう。

理解されたら、理解し返さねばならない。愛されたら愛し返さねばならない。それはなんとも煩《わずら》わしい。だが、この悩みはなんと世間で通じないことであろう。人々の共感を呼ばないことであろう。

世間のフツーの人々は、理解されたいけれど理解されない人、愛されたいけれど愛されない人に、優しい眼差《まなざ》しを注ぐ。理解されたくないけれど理解されてしまう人、愛されたくないけれど愛されてしまう人には、冷たい視線を浴びせかけて切り捨てるだけである。

「じゃあ、勝手に山にでも籠《こも》ればいいじゃないか」とフツーの人は言うかもしれないが、おかど違いである。彼が一番欲しいもの、それは他人の評価なのだから、彼にとって他人は絶対に「必要」なのだ。彼は、だから、理解してもらうよう、愛されるよう、全身全霊で努力する。だが、理解されていることがわかった瞬間、愛されていることを確認した瞬間、彼は相手の肉体を滑り抜ける。もはや生身の人間は彼にとって必要ない。「証拠」はしっかりつかんだ。だから、もう自分の眼前から消えてほしいのだ。

すべてが自己防衛である。他人に対する恐れである。それも自覚している。だが、

「いいかげん、鎧《よろい》なぞ脱ぎ捨てたらどうだ」と進言する鈍感で怠惰な夥しい輩《やから》の軍門に降《くだ》りたくはない。それなら、死んだほうがましである。こうして、彼は毎日「どうしよう、どうしよう」と呟《つぶや》いている。「淋しいなあ、孤独だなあ」と嘆いている。そして、じわじわこの状態の突破口がないことを悟りはじめる。

だが、じつは確実に一つだけあるのだ。「表現者」になることである。小説家に、評論家に、作曲家に、演奏家に、絵描きに、役者に……。その作品が他者に愛され、理解され、賞賛されるとき、作品のみを敵（賞賛者）の掌中に残しておけば、彼自身は「安全」である。彼は偏屈な人間として、社会に承認される。「人間嫌い」として、場が与えられる。

「彼」って誰だって？　自分のことじゃないかって？　残念でした。私は二十五歳じゃありません。もうじき人生を終える五十七歳のお爺《じい》さんです。それに、こんなにひたむきではありません。もっとしたたかです。だから『新潮45』に「明狂死酔」なんていうタイトルで恥ずかしげもなく連載をすることができるのです。もっと文章の「裏」をしっかり読むように！

（二〇〇四年五月号）

みなさま、ありがとう

今回は、珍しく現代日本の社会問題に触れる。しばらく前からカンカンガクガクの議論が沸騰《ふっとう》している「自己責任」について。ただし、誰も語らない側面から。

私はここ二十年のあいだ、わが同胞の自己責任のなさ、というより他人に自己責任を問わない姿勢に激しい怒りを覚えてきた。私の苛立《いらだ》つのは、例えば駅構内での「駆け込み乗車は危ないですからおやめください……エスカレーターにお乗りのさいにはベルトにつかまり……」とか、プールでの「飛び込みはやめましょう……プールサイドを駆けるのはやめましょう……」などの甘ったるい注意放送、あるいは、人の集まる所どこでも「押し合わないように、押し合わないように、押し合わないように……」というスピーカーによるアホ管理放送の絨毯《じゅうたん》爆撃。しかも、そのことを抗議しても「そう言うのはお客さまだけです」と追い返されてしまう（詳しくは新潮文庫『うるさい日本の私』を参照）。駆け込み乗車をして怪我《けが》をしても、プールに飛び込んで骨折しても、自己責任だと思うのだが……。ずっと前のことだが、バスの中ではしゃいでいた五歳の息子がカーブのとき、ひっくりかえって頭を打った。運転手が平謝りに謝るので、「何で謝るのですか。すべて保護者としての親の責任ですから」と答えると、きょとんとしていた。

こうした「仕打ち」をずっと受けてきた私にとって、今回のイラクの人質三人に対する全国民レベルでの自己責任の高らかな要求には心底戸惑ってしまった。まるで同じ日本人ではないかのようである。エスカレーターの注意放送に関しては（調べてみれば）たぶん九〇パーセント以上の人が不快を感じないと思うのだが、およそ国民の半数が人質に対して「自己責任」の名のもとに、厳しい視線を向けているという。このはなはだしいギャップは一体何だろう。私は一カ月にわたって理由を考え続け、そしてようやく朧《おぼろ》げにその違いがわかってきたのである。

第一に、人質三人は絶対的少数派だということ。多くの日本人は集団の中で大多数がおとなしくしている時、個人が（たとえ正しくとも）「勝手なことをする」のを極端に嫌がる。

第二に、彼らは（弱者ではなくて）強者だということ。おまえら、自分の意志で危険な地に行った「（自称）英雄」なんだから、自分で処理しろよな、とでも言いたげである。

第三に、彼らの無謀な行動ゆえに、迷惑を蒙《こうむ》ったということ。どれだけ多くの税金がかかったか、どれだけ多くの人が「寝食を忘れて」（これ小泉首相の言葉）救援活動したか考えてみろ、というわけ。

第四に、彼らの家族の毅然《きぜん》とした態度が不快であること。机を叩いて自衛隊の撤退を求めるとは（一介の私人の分際で）何たる傲慢か、許せない、というわけであろう。

これを裏返して言えば、大多数と同じ行動を取り、社会的弱者であって、多くの人が迷惑を蒙らず、不快な感情を持たないような行動には、暖かい眼差しを注ぎ、決して自己責任を要求しない。だから、回転扉でちょっと事故があっただけで、当人の自己責任を要求するどころか、会社側を責め立てて大騒ぎとなるわけである。

さて、自己責任要求にも増して違和感を覚えたのは、テレビに出てくる解説者やマイクを向けられた市民や、中傷メールをぶち込んだ人々の「謝れ！」というヒステリックな要求である。ある日から一転して、家族たちはテレビ画面で謝ってばかりいた。当の三人も、あたかも犯罪者が帰国したようであった。これは現代日本の魔女裁判である。一見聡明《そうめい》で穏やかな一般市民が、「魔女」を告発し、その悶《もだ》え苦しむ姿を楽しむのだ。中世においてそうであったように、そういう逸楽に耽《ふけ》っている者は、極悪人や犯罪予備軍ではない。むしろ「善良な市民」という名の「優しさ」にあふれた怪物である。彼らはいくら少数派とはいえ、私のような傲慢な強者の苦痛などどうでもいい。管理放送などに苦しむ奴《やつ》は単に「わがまま」なだけだ。自分をいつも多数派の方に配置して、「みんな」がどんなに心配したか、「みんな」にどんなに迷惑をかけたか、と怒鳴って何の反省もしない人々である。

とはいえ、これが麗《うるわ》しい日本人の大半を形作っているのですから、私のようなザコがあんまり抵抗すると、身に危険が及びます。そこで、軟弱な私としましては、やはり葬《ほうむ》り去られたくないので、「反省」することにしましょう。この社会で生き抜くには、各方面への感謝の気持ちを忘れてならないことも知らずに、いままでぬけぬけと生きてきたことが、恐ろしくなりました。ここらで、遅まきながら「感謝」の意を表したく思います。

新潮社の社長様、『新潮45』の編集長様、このような拙《つたな》い文章を天下の名雑誌に載せていただいて、感謝の言葉もありません。それに、私の担当のY様、腐った芋のような原稿にも小言一つ仰《おっしゃ》らず、私の傲慢かつ粗暴な態度にも耐えしのんで下さり、深く深く感謝いたします。校閲部のみなさま、いつもゴミかチリのような私の文章を丁寧に校正していただき、涙の出る思いでございます。印刷所のみなさま、このような印刷にも値しない駄文をきちんと印刷していただき、有難さに身が震えます。それに、何より、『新潮45』の読者のみなさま。私の薄汚いコラムが栄《は》えある『新潮45』を貶《おとし》めるだけであることを知りながら、それをも省みない破廉恥《はれんち》至極な輩に対して「もう書くな！」という当然のお咎《とが》めもなく、二年以上の長きにわたって、書き続けてこられましたこと、ひとえにみなさまのご支援のおかげです。幾重にも膝《ひざ》を屈してお礼申し上げます……。

（二〇〇四年六月号）

「ある」ことと「あった」こと

みなさん、ずいぶん暑くなりましたね。相変わらず、どこもかしこもクーラーが効きすぎていて憎らしい。冬は二十六度に設定し、夏は二十四度に設定するとは、そのときの人々の服装の違いを考えたら、何たる不合理かと思うのだけれど、何度言ってもわからないようなので、もうやめましょう。というわけで、今回のテーマは、久しぶりに哲学です。

哲学において、私に何かオリジナルなものがあるとすれば、それはいっぷう変わった「時間」のとらえ方であろう。「過去」についての考えであろう。私が知る限り、私のように考える哲学者はいない。ということは、間違っている可能性が大であるが、私にはどうしてもそう思えてしまうのだからしかたない。

世界についてでも、私自身についてでもいい、物体についてでも、心についてでもいい、われわれは現在の知覚を基準にして、何らかの客観的対象が「ある」とみなしがちである。言い換えれば、それを客観的認識としがちである。だが、これはまったくの錯覚ではなかろうか？　むしろ、物や心が客観的に「ある」ということの基準は、過去において「あった」ということと現在「ある」ことの両立不可能な二重のあり方のうちにあるのではなかろうか？　確かに、過去の出来事は「うっすらと」しかないのに対して、眼前の光景は、「がっしりと」そこにある。だが、あり方の強度と「ある」ことの原型とは別である。現に見えているとか現に触れるということが、ただちには何かが（客観的に）「ある」ことの条件でないことはすぐにわかる。第一に、世界のほとんどの客観的な事物や出来事を、私は現に見ていないし、現に触れていない。第二に、動物でも赤ん坊でも知覚はしているが、ただちに何かを（客観的に）「ある」とみなしているとは言えない。

では、何かが「ある」と言えるためには知覚に加えて何が必要なのだろうか？　何かが「あった」ということをとらえる能力としての「想起」である。精巧なロボットが、ある事象を観察し、それをすばらしい言語で表現し、そのときの高揚した気分をも語りつくすとしよう。そうですね、ここにトーマス・マンのような文才のあるロボット（R）がいるとする。Rは語る。「ミュンヘンは輝いていた」と。だが、Rはそう語ったすぐそばから自分が何を語ったか忘れてしまう。Rに「ミュンヘンは輝いていた」という文章を見せても、（その意味はわかるが）自分が書いたことを思い出すことができない。この場合、総体的に見て、彼はミュンヘンについて「認識」したのではないであろう。つまり、認識とは瞬間的な知覚や思考に基づくことはないのだ。それは、あるスパンの知識である。想起も瞬間的にとらえてはならない。想起だと思っていたものが、じつは単なる想像だったのかもしれない。つまり、「正しい」想起は、一個の想起からではなくさまざまな想起群（それに知覚群）との連関の中で与えられるのだ。想起とは定義的に「過去に現に起こったこと」の想起である。そして、現に起こったことをわれわれは当の想起によってだけではなく、現在の知覚（証拠）および信頼できる推測に支えられて知るのである。ということは、正しく知覚できない者、正しく推測できない者は、正しく想起することもできない。しかし――ここが大切なことであるが――正しく想起できる者は正しく知覚し正しく推測できるのである。

想起の対象は過去の事象である。だが、過去の事象は知覚できない。見えず、聴こえず、触れられない。それを一言で言い表せば、——このあたりは大森荘蔵先生の過去論を真似《まね》るのだが——「ある」としても、知覚的にあるのではない。「ミュンヘンは輝いていた」という言葉の意味として、言語的にあるだけである。「ミュンヘンは輝いていた」ことを、いかにありありと想起しても、その「輝き」は（薄まった知覚ではなく）、知覚の対象とはまったく別物である。過去とは過ぎ去った擬似（薄まった）知覚的世界ではないのだ。それは、——プラトンのイデア界のように——われわれの知覚世界とはまるで異なった意味世界なのだ。だから、そこには「戻れない」。戻れるのは、何らかの知覚的世界だからであり、意味の世界「戻る」ことは原理的にできないからである。われわれはいかにも現在の知覚的世界だけに生きているように見えるが、じつは刻々と過去世界に取りかこまれて、いや浸されて生きているのである。過去の事象を（客観的に）「あった」ものとして認識することは、言語の意味としての過去世界を眼前の知覚風景にうまく関連づけてとらえることである。現在の事象を（客観的に）「ある」ものとして認識することは、眼前の知覚風景を言語の意味としての過去世界にうまく関連づけてとらえることである。

ということは、われわれは、常に現在に生きているのではない。常に現在と過去に生きているのである。過去に生きることができる者のみが、現在に生きることができる。現在にのみ生きている、と言われる動物や赤ん坊は、過去に生きることができないがゆえに、じつは現在にも生きていないのである。これを言い換えれば、「あった」ということがわからない者は「ある」こともわからないのだ。あなたが自分のからだを観察しても、心の状態を観察しても「私」をとらえることができない理由もここにある。「私」とは、現在と過去という両立不可能な二重の世界に生きることができるような者なのであるから。そして、われわれは現在と過去とを一挙に対象的にとらえることはできないのであるから。

（二〇〇四年七月号）

だから私は「ぐれる」のです

五十歳になり「ぐれる」ことに邁進《まいしん》するようになって数年経《た》つが、ずいぶん世の中に対する見方が変わった。私の「ぐれ」を形成する思想は大層簡単で、自分の感受性にどこまでも忠実であること。だが、これを貫くのは、感受性においてマジョリティ（多数派）から、ことごとくずれている私にとって、全身全霊をかけるほど難しい。その中核部分は「自分の感受性に反したことを語らないこと」であるが、もうこれだけで、まともに生きていけないほど人間関係に支障をきたす。私はあまり他人に共感しない人間なのであるが、世の中は共感を無条件に要求するので、至る所で試練が私を待ち伏せしているわけである。

断っておくと、私は冷酷無比な怪物なのではない。先の事件（長崎小六女児同級生殺害事件）でクラスメートに娘を殺された父親の呆然《ぼうぜん》とした顔を見ているうちに、思わず涙が出てきた。だが、六日後にその父親が書いて公表した手紙を読むと、「嘘《うそ》があるな、技巧があるな」という直感が立ち上ってきた。曽我ひとみさんの家族との再会は、私にとってどうでもいい。私は家族と一緒にいたい人間ではないから、どうしても彼女の気持ちがわからないのだ。

こうした体験を通じて身に染《し》みてわかったことは、とりわけ他人の不幸に対して、本当のことを語ってはならないこと。見も知らずの他人が殺されようが、強姦《ごうかん》されようが、自殺しようが、「なんともない」「どうでもいい」と感じている人は少なくないと思うが（？）、けっして明るい所でそう語ってはならない。それにしても不愉快なのは、どんな事件が起ころうと、テレビの画面にしゃあしゃあと出てきて、あたかも自分の個人的感受性が「あるべき」感受性とどこからどこまでもぴったり一致しているかのような発言をして平然としているアナウンサーやニュースキャスターやコメンテーターという職種の人々である。彼らの言葉が嘘なら、彼らの誠実性を疑いたくなるし、本当なら、彼らの人間性を疑いたくなる。

皇太子妃が心の病に罹《かか》って、彼らは、みんな本当に悲しいのであろうか？　心配なのであろうか？　「一日も早く国民の前に元気な姿を見せること」を願っているのであろうか？　年金未納の政治家に対して、彼らはみんな本当に怒りを覚えているのであろうか？　彼らの中で、品川駅で女子高校生のスカートの中を手鏡で覗《のぞ》き見ようとして逮捕されたU教授に対して、「いい気味だ」と思った者は誰もいないのか？「馬鹿《ばか》だなあ、もっとうまくやればよかったのに」あるいは「運が悪かったんだよなあ」と思った者は誰もいないのか？

痴漢は現代の魔女裁判である。「疑わしきは罰する」のであり、「昨夜、箒《ほうき》で飛んでいた」という類《たぐい》のあいまいな証言がすべてなのだ。その上、家宅捜索でさまざまな「掘り出し物」を並べて詳細に報道する。どんなにポルノ雑誌が出てきても、猥褻《わいせつ》ビデオが出てきても、個人的に楽しむのなら犯罪とは関係ないはずであるのに、単なる証拠物件とは言えない執拗《しつよう》さで、殺人犯以上の敵意をもって調べ上げる。U教授は、ぜひ最高裁まで行って、検察と警察そしてマスコミという巨大な権力に立ち向かって欲しい（とはいえ、私は個人的に支援するつもりはありませんが）。

それにしてもおもしろいのは、テレビ出演者は、これほど性的ゴシップが好きなのに、誰も彼もが「まじめな」インタヴューでは、慎重に性的発言を避けることである。オリンピックで金メダルを取ったりノーベル賞授賞式から帰国した英雄たちに「お疲れでしょうが、いま何をしたいですか？」という質問が必ず出るが、誰も「無性にセックスしたいです」とは答えない。いまは、スピーカー轟音《ごうおん》を撒《ま》き散らす参議院選挙運動の真っただ中であるが、本日のテレビ特別番組で、司会者が各党幹事長に独自の健康法を聞いていた。出てきた回答は「よく寝ること」「晩酌すること」など。「セックスすること」という回答はなかった。興味深いのは、もしそう答えると、みんな（たぶん）あっと驚くことである（私はセックスが大好きなわけではありません、これ「本当のこと」です、念のため）。

こうして、テレビに出演している者ばかりではなく、テレビを見ている人々も、つまり九九パーセントのわが国民は――信じがたいことであるが――自分の感受性に反した言葉を使っても苦しまないことが、次第にわかってきた。とすると、私は彼らとは感受性を共有できず、「普通の」世界から遁走《とんそう》するほかないわけである。

先日、慶應義塾大学の藤沢キャンパスを訪れ、福田和也《かずや》さんのゼミで私の信条のようなものを話す機会に恵まれた。こういう場だから何でも言っていいんだろうと、つい「油断して」、私が「妻子とも一緒に暮らしたくはなく、父の遺骨も母の遺骨も、物体以上のものではありません」と言うと、会場の学生たちからずいぶん反発され、司会者はどぎまぎしていた。数日後福田さんに聞くと、その後三人ほど女子学生の精神が不安定になったとのこと。ああ、私は確実に世の中に害毒を流すのだなあ、と再確認した次第である。

それでも、私はひたすら私固有の美学（ダンディズム）のためにこういう生き方を続ける。これが、すなわち私流の「ぐれる」ということである。中年になって、言葉は適当に他人に合わせながら、性的に放縦になるとか、犯罪瀬戸際《せとぎわ》の不良行為に走るとかは、私にとっては安直な「ぐれ」に過ぎない。私の「ぐれ」は宗教的なものに近く、この国では隠れキリシタンのように身を潜ませていなければ、たちまち善良な市民から告発されて磔《はりつけ》になる。それは怖いから、善良な市民から遠く離れて、ひっそりと暮らすことにしたのです。

（二〇〇四年八月号）

哲学などしないように！

今回でこのコラムも終わり、六月号で、「みなさま、ありがとう」と書いたら（本書161頁）、もう終わりかと思った読解力の乏しい人が私の周囲にも少なからずいたが、今度こそ嘘偽りのない最後である。最後だからこそ、「ほんとうのこと」をまたしつこく書こうと思う。

世の中で人が信じて疑わないことのほとんどが眉唾《まゆつば》ものであることは、十歳のころから直感していたが、——それを一つ一つ「やっぱり」と納得していく過程が私の人生であった——「ある」とは何か、「いま」とは何か、「私」とは何か、「善い」とは何か、人生経験を積めば積むほど、夜中に森の中をさまようようにわからなくなっていく。

とりわけ、このごろ「意志」と呼ばれているものは、やっぱりただの社会的取り決めにすぎないのだ、という思いが強くなってきている。私はすべてにおいて優柔不断であり、何かを選んだ瞬間に後悔することはざらである。「タンメン！」と注文した瞬間に、「味噌《みそ》ラーメン」にすればよかったと後悔する。だが、すぐ取り消すのは恥ずかしいし、もう作り始めているかもしれないし、とあれこれ考えて、ぐっとこらえるのだ。現実社会は、私が「タンメン！」と叫んだことは私の意志だとして、それを固定化しようとする。なぜなら、注文を取った直後に次々にくるくる訂正が入ると、商売ができなくなるからである。すべての約束について、守るまで約束遵守《じゅんしゅ》の意志があるとみなされるのも同じこと。意志とは、かように実際的な要求から生まれたものにすぎないのではないだろうか。

何がこの行為を生じさせたのか、何があの行為を生じさせなかったのか、こう問うと、じつのところめまいのするほど膨大な「原因」を考慮せねばならず、皆目わからなくなる。だが、わからないと、社会生活上不便なので「意志」という架空物を拵《こしら》えて、錯綜《さくそう》する原因をごく少数に整理整頓《せいとん》し、それらが「引き起こした」というお話をでっちあげているだけである。そして、このインチキ芝居も、われわれが大きな禍《わざわい》に直面したり、あるいは他人に大きな禍を及ぼすとき、化けの皮が剝《は》がれ落ちる。われわれは「意志」などというちゃちな贋造物《がんぞうぶつ》など投げ捨てて、「なぜこうなってしまって、ああならなかったのだろうか」と全身で後悔するのである。後悔は、意志とは論理的に両立しない。なぜなら、後悔とは、私が意志したことを、同じ私がまさにそのとき「ほかの意志もできたはずだ」という前提のもとに悔やみ続けるのであるから。だが、それは矛盾だといくら言ってもわれわれは後悔をやめない。そういう場合は一般に、論理より実際の行いのほうが「正しい」のである。なお、後悔はこういうタイプのものばかりではない。われわれは、試験会場であのヒントに気づかなかった自分の不注意にも、寝過ごして、ハレー彗星《すいせい》を見損なった自分の怠惰にも、後悔する。さらに犯人の意志を踏み越えて、「なぜうちの子だけが殺されねばならないのか！」と叫び始めるのである。

では、こんなにも嘘臭い意志がなぜ「ほんとうにある」かのように思われるのであろうか。答えは存外簡単である。意志には、(時代や地域によってそのありようは多少異なるが)「意志の強い人」という理想的人間像がぴったり貼《は》り付いているからである。「意志の強い人」とはどんな人であろうか。それは、「正しい」と信じたことをいかなる障害にもめげずにやり遂げる人である。ここで、（何が正しいかはともかく）「正しい」ことという限定が付いていることが重要である。いかなる脅迫を受けようとも、黒人解放運動に身を捧《ささ》げる人は、意志の強い人である。血の出るような修行のすえ悟りを開く人は意志の強い人である。脅されると、すぐに解放運動を降りてしまう人、修行が辛《つら》くて夜逃げする人は意志の弱い人である。ここまではスムーズに話が進む。だが、両親の涙ながらの懇願にも、警察の説得にも耳をかさず、子供を殺してしまう誘拐犯は意志の強い人だろうか？「そうだ、俺は間違っていた」と反省して子供を返す人は意志の弱い人だろうか？こう問うと、違和感があることがわかるであろう。つまり、意志ははじめから「善いもの」とされており、その限り、どんなに脅迫されても意志を変えない人、どんな窮地に陥っても意志を貫く人、が世間では賞賛される。だから、みなそういう善い強い意志が自らの「うち」にあるかのように思い込んで、がんばろうと励むのである。

だが、こう「言う」ことは反社会的である。みんな一致団結して、意志という捏《ねっ》造物《ぞうぶつ》を（半信半疑であるからこそ）必死に守ろうと誓い合っているときに、哲学者という「ならず者」は「それはフィクションですよ、そこには勝手な取り決め以上のものはありませんよ」と呟《つぶや》くのだから。社会ががらがら崩れてしまうことなどなんともない所詮《しょせん》「ならず者」なのだからしかたない。だから、世間は――まことに賢いことに――太古の昔から、哲学者を殺したり、磔にしたり、追放したり、精神病棟に閉じ込めたりして、社会の安寧を守ってきたのである。

おわかりであろう。哲学とはこういう「恐ろしい」ものなのである。哲学を何か社会的に有用なもの、善いものとみなしている人は（アリストテレスであろうと、カントであろうと、そこらのかぼちゃのようなバカであろうと）すべて勘違いである。というわけで、『新潮45』という高級誌をお読みのみなさん、まかり間違っても哲学などしてはなりませんぞ。それは、周りも不幸になり、そしてあなた自身も不幸になることとです。では、みなさん、お元気で……。最後にもう一度、くれぐれも哲学などしないように。

（二〇〇四年九月号）

あとがき

本書を手に取ったあなたは、この「狂人三歩手前」というタイトルの響きにどのような印象を抱いたであろうか？　私の本を以前に数冊読んだことのある人なら、「またあの中島が……」と不快を覚えたか、それとも嬉《うれ》しくなったか（こっちはないか！）。本書は、『新潮45』に二〇〇二年一月号から二〇〇四年九月号までのあいだ「明狂死酔」という総合タイトルのもとに連載したものであるが、これはハイブロウすぎるので（？）、単行本にする機会にもっとわかりやすいタイトルに変えた。そのさい、どうしても「狂」の字だけは残したいと思い、いろいろ思案した結果このようになった次第である。

「狂人」が差別語だと信じている人がいるが、それに対する抗議の意味もある。「狂」は、けっして単純な差別語ではない。この語は、「時計が狂っている」とか「予測が狂ってきた」というように、「正常ではない」という大枠のうちにあるが（ドイツ語の狂人を表わす„Verrückter"〔ずれた人〕はこの意味をよく表わしている）、正常ではないこと、すなわち異常なことが、そのまま劣ったこと、非難されるべきこと、直す（治す？）べきことを意味するわけではない。臨済禅における「風狂」とは『臨済録』に登場する普化《ふけ》やわが国の一休が体現しているように、豪快なほどの徹底的自由の境地であるし、『論語』で言う「狂狷《きょうけん》」とは理想に燃え常識に囚《とら》われない大いさのことであり、さらに古典芸能における「狂言」や「狂歌」は芸術の域にまで達した滑稽《こっけい》さを意味している。漢和辞典によると、「犭」は走り回る犬を、「王」は大きな人を表わすという。つまり、「狂」とはこの両者のなかなかもって微妙な合体なのだ。

私はこれまでずっと、まさにこのオリジナルな意味において、つまり「正常ではなく、常識に囚《とら》われない大いさを有し、しかも滑稽である」そんな人としての「狂人」でありたいと願ってきた。そして、還暦も間近いこのごろ、ある程度それを実現しつつあるのではないかと自負している。だが、まだ「三歩手前」なのだ。真正の「狂人」への道はなかなか険しい。

二〇〇六年晩春　狂うように咲き誇った桜も散って

中島義道

哲学への過激な誘惑者

斎藤環

中島義道氏とは、ちょっとした因縁《いんねん》がある。

ご存じの方もおられるかも知れないが、私の専門は「ひきこもり」だ。この、すでにほとんど日常語の一つになった言葉をメディアに流布《るふ》させ、場面によってひきこもりを断罪したり擁護したりして世間を混乱させた主犯格の一人が私、というわけである。

かつて私は、「ひきこもり」を巡って、ある精神科医と激しいやり取りをかわしたことがある。

断っておくが、私はけっして攻撃的な人間ではない。むしろ中島氏とは対極的な性格といってもよい。根がとても温厚なたちなので、自分からクレームをつけたり、まして誰かに喧嘩《けんか》を売るようなことは滅多にない。気に入らない人間に対しては、心の中でちょっと呪《のろ》いはするけれど、そんな気持ちはおくびにも出さない。

あるとき評論家のO氏と対談したさい、私はのっけから彼にほとんど罵倒《ばとう》のような論難を浴びせられたけれども、喧嘩にはならなかった。なにしろ私にとって、文筆や対談は気晴らしの副業に過ぎない（まさにその「無責任」さが批判されたわけだが）。それに同じ大学の先輩に当たるO氏個人の活動そのものは、私なりに尊重したいと考えていたからだ。

しかしそのTという精神科医は、私がどうしても好意を持てない全共闘世代の典型的な論客で、自身の著書で私を名指しで批判してきたのである。彼の主張を要約すれば、人間はもっとひきこもる自由を保障されるべきで、私のようにそれを治療対象とみなそうとする動きは実にけしからん、というわけである。

まあこれ自体は、「ひきこもり」を良く知らない一部の知識人や文化人が口にするある程度の「感想」に過ぎないのだが、私はこれに徹底反論した（「孤立を恐れるな―しかし独善を恐れよ」『博士の奇妙な思春期』日本評論社）。安易なひきこもり肯定論こそが、時に当事者をさらに苦境に追い込むことを知っていたからだ。

いささか前置きが長くなったが、私はこの批判文の中で、中島義道氏の名前を出したのである。

私は当時、中島氏の著書『働くことがイヤな人のための本』(日本経済新聞社・新潮文庫)を読んだばかりだった。「ひきこもり」への非難は、もっぱら彼らを五体満足なのに働こうとしない怠け者扱いするものが多かったのだが、中島氏のこの著作は、就労の義務に根本的な疑問を唱える視点が痛快に感じられた。さらに驚いたことには、中島氏にはひきこもりだった時期があると、この本に書かれていたのである。

そう、本書でも述べられている通り、中島氏にひきこもりの経験がある。大学時代に約二年間、布団《ふとん》から出られないようなひきこもり状態を経験したと著書にある。私が定義するひきこもり状態とは、精神疾患によらずに、少なくとも六ヶ月間以上、社会参加をしていないことなので、著書に述べてあることが事実なら、確かに中島氏は立派なひきこもり経験があると言って良いだろう。

もちろん中島氏は、「ひきこもり」を単純に否定も肯定もしていない。定義はともかく、私が漠然と考えるひきこもりの人のイメージは、とにかく親密な関係を持たない/持てない/持ちたがらない人のことを指すので、そこからすれば現在の中島氏も限りなくひきこもりに近い人であるとは言える。しかし、『働くことがイヤな人のための本』の中で、中島氏は就労の義務といった考え方には異論を唱えつつも、人間と関わることの大切さは肯定していた。これは私にとって、たいへん心強いことだった。

多くの粗雑なひきこもり肯定論者が、なぜか決まって見落とすのが、この点である。ひきこもり〝的〟な生き方は、大いに結構。しかし、まったく対人関係を持たないままの完璧《かんぺき》なひきこもり状態は、長期化するにつれて、対人恐怖や被害妄想、家庭内暴力といった、さまざまな失調につながりやすい。社交的でも勤勉でもなくて良いから、せめて少数の対人関係は維持しておいて欲しい。私がひきこもり青年たちについて願うのはせいぜいその程度のことなのだが。

この点、中島氏のひきこもり論には、経験者ならではのリアリティがある。ひきこもることの有用性も病理性も踏まえた上で、あえて哲学者や表現者であることを勧める。これは言ってみれば「モデルマイノリティ（成功した少数者）」の勧めという危険性をはらんでいるため、治療者としての私にはできないことだった。しかし、中島氏がそのように主張することには、立場的にも思想的にも一貫性がある。

「ひきこもり」が増加する一因は、あきらかに「ひきこもり」を問題視する社会の側にある。そして、その社会を今覆《おお》いつくしている一つのイデオロギーがある。それが「コミュニケーション至上主義」だ。それも「話せばわかる」という段階をとうに越えて、いまや「話さずともわかれ」という勢いなのである。そう「空気読め」という例のアレである。

たとえば、いまや若い世代の対人評価は、ほぼ「コミュニケーション・スキル」の有無で決定づけられるのだという。教室空間を支配するスクール・カースト上位者は、誰よりも空気を読む能力に長《た》け、同時に空気を支配する力を持つ生徒なのだ。いや、ことは教室空間に限った話ではない。家庭だろうと会社だろうと、あらゆる場所で「コミュニケーション・スキル」は、絶対善のようにもてはやされている。

中島氏は、こうした風潮に敢然と異を唱え続けてきた。たとえば『私の嫌いな10の言葉』（新潮文庫）に挙げられている言葉は、ことごとく「コミュニケーション」に関わっている。断っておくが、コミュニケーションとは言葉のことではない。むしろ「『共感する』ことができない」の項にあるように、まさに「共感能力」を指している。いまや「共感主義」の支配は、その勢力を増すばかりだ。

中島氏はそうした世間の風潮に、「言葉の力」で抵抗しようとする。駅構内や商店街のやかましいアナウンスに苦情を言う。まだ明るいうちから駅のホームに蛍光灯が点《つ》いているといっては助役に文句を付ける。ゼミの生徒の前で「妻子とも一緒に暮らしたくはなく、父の遺骨も母の遺骨も、物体以上のものではありません」と堂々と言ってのける。

その姿は、いっけん偏執狂的なクレーマーのようで、実際にはクレーマーのほとんどが抱えている自己愛的なルサンチマンの影がすくない。陰湿さや執拗《しつよう》さといった湿り気がなく、妙にカラッとして陽性なのである。これはなぜだろうか。

おそらく中島氏には、「言葉」についての、哲学者らしい「信頼」がある。「怒る私」の項に、飛行機内でやたらと食事に時間がかかったため、客室乗務員に苦情を言うくだりがある。「サービスを変えろと言っているのではありません。ただ、私が不愉快だということを伝えたかっただけです」という文句がいい。

そう、中島氏はしばしば、「共感が不可能である」ことを伝達するために、言葉を用いる。言葉への信頼とは、つまるところ「言葉は通じない」ことへの信頼であり、また通じないからこそ「共感」や「空気」の支配を免れることへの信頼なのである。

だからこそ、中島氏の著書は、わかりやすいようでわかりにくいのだ。狂人を自称するくらいだから、わかりにくいのは当然だって？ そんなことはない。チェスタトンも言ったように、狂人とは理性を失った人のことではなく、「理性以外のあらゆる物を失った人」なのである。この言葉は、少なくとも典型的なパラノイアにはきれいに該当するだろう。空気も読まず、共感も出来ない理性とは、まさに哲学者にふさわしい資質にほかならない。

ただしどうしても、「理性」では割り切れないものがある。それが「死」だ。「死」をめぐる中島氏の思索は、理性的なようでわかりにくい。

氏は「どうせ死んでしまう」「人類も地球もどうせ滅亡する」から、生きることなど無意味、と主張する。にもかかわらず氏は「自殺」を考えない。むしろ読者に「死んではいけない」と説得にかかる。自殺未遂を試みた高校生の話に四時間もつきあい、教え子の自殺には涙を流す。

これは矛盾なのだろうか。

「どうせ死んでしまう」の項にあるように、中島氏は六歳の頃、自分自身の死を直観して大変なショックを受け、いまだにその衝撃から逃れられないままであるという。

中島氏があまり好きではないかもしれない精神分析の発想から考えるなら、「死」はわれわれにとって、究極のアンビバレンスをひきおこす対象である。それを怖《おそ》れれば怖れるほど、それに魅せられてしまうということだ。いわゆる「反復強迫」だ。北野武が映画「ソナチネ」で主人公に言わせている。「あんまり死ぬのを怖がってると、死にたくなっちゃうんだよ」と。

以来、中島氏は、このアンビバレンスの中で、ずっと宙吊《ちゅうづ》りのような状態に置かれているのではないだろうか。いや、再び精神分析に依《よ》るならば、言葉の使用も哲学的思索も、知性の切断的な使用という点からいえば「死の欲動」の産物なのである。死の恐怖に哲学的思索で対抗するという戦略は、いわば毒を以《もっ》て毒を制するという発想であって、よほど健康な自我がなければ担《にな》い抜けるものではない。

中島氏の著書をベタに読むと、この人はいったいどんな性格破綻《はたん》者かと思わされてしまうが、もちろんこれは誤解である。中島氏が本物の変人ならば、やはり大学の学科長はつとまらないのではないか。氏は、それを意図してかどうかはともかく、「変人キャラ」を演じているだけであって、その身ぶりがこの社会に生きにくさを感じている人々に、強力にアピールするのである。その意味で、中島氏の著書の読まれ方には、かつての太宰治の読まれ方に似たところがある。つまり、「作家」と「作品」を重ね合わせる読まれ方、という点において。

そのつもりもないのに太宰治扱いされるのは、中島氏にとっては不本意なことだろうから、お節介ながらもう少し説明を続けよう。著作で救済されるのは一向に構わないが、勢いあまって、中島氏こそが自分の唯一《ゆいいつ》の救済者であるように思い込むのは、双方にとって不幸なことであろうから。

太宰治に「恥」という短編がある。こんな話だ。

語り手の女性は戸田という小説家の熱心な読者で、戸田の書く小説からその身辺の惨《みじ》めな事情をすべて理解したと思い込み、妙に上から目線の同情的な手紙を二通も出す。彼女はついには戸田の自宅を訪ね、小説に描かれたイメージとはまるで正反対の作家の姿をまのあたりにしてショックを受ける。あげくに彼女は、友人への手紙にこんなことを書く。

「小説家は悪魔だ！　嘘《うそ》つきだ！　貧乏でもないのに極貧の振りをしている。立派な顔をしている癖に、醜貌《しゅうぼう》だなんて言って同情を集めている。うんと勉強している癖に、無学だなんて言ってとぼけている。奥様を愛している癖に、毎日、夫婦喧嘩だと吹聴《ふいちょう》している。くるしくもないのに、つらいような身振りをしてみせる。私は、だまされた」

いっけん、思い込みの激しい読者への嫌味とも戒めともみえるこの短編は、しかし「ここに太宰の真実がある」と単純に決められない程度には複雑である。おそらく、ここに描かれた戸田という小説家のイメージもまた、太宰本人の実情とは異なっていた可能性が高いからだ。もちろんこれは、太宰だけに限った話ではない。著者と著作との関係は、それほど単純なものではないのだ。

ここで、ちょっとだけ暴露話をすれば、私は一度だけ、中島氏から手紙をいただいたことがある。私が献本したラカンの解説書への丁寧なお礼状だった。「中学生向け」と称してめいっぱいくだけた文体で書いた本だけに、これでラカンのことが良くわかりました、などと書かれてあったのには仰天した。普通、献本への礼状などはまず送られてこないものだし、私も滅多に出さない。それを思えば、中島氏がいかに謙虚で心優しい人であるかがわかるだろう。

ますます中島氏がわからなくなった？　しかし、それで良いのである。

人が人をわかるなど、滅多に起こることではない。わかりやすい文章を書く人の性格が、いつでもわかりやすいとは限らない。まして相手は哲学者だ。一見わかりやすい文章のかげにあるわかりにくさに注目するほうが、よほど哲学的な読み方に近づけるだろう。その過激な主張の背景に、どれほどの反語と逆説がひそんでいることか。そう、「哲学などしないように！」という言葉が、もっとも強力な哲学への誘いにほかならないことを、もちろん中島氏は知っているのだ。


（二〇〇八年十二月、精神科医）

初出――『新潮45』二〇〇二年一月号～二〇〇四年九月号（各項の末尾に当該号の発行年月を記した）に、「明狂死酔」のタイトルで連載

この作品は二〇〇六年六月新潮社より刊行された。

中島義道著
うるさい日本の私
バス・電車、駅構内、物干し竿の宣伝に公共放送。なぜ、こんなに騒々しいのか？　騒音天国・日本にて、戦う大学教授、孤軍奮闘！

中島義道著
私の嫌いな10の言葉
相手の気持ちを考えろよ！　人間はひとりで生きてるんじゃないぞ。——こんなもっともらしい言葉をのたまう典型的日本人批判！

中島義道著
働くことがイヤな人のための本
「仕事とは何だろうか？」「人はなぜ働かなければならないのか？」生きがいを見出せない人たちに贈る、哲学者からのメッセージ。

中島義道著
カ　イ　ン
—自分の「弱さ」に悩むきみへ—
自分が自分らしく生きるためには、どうすればいいのだろうか？　苦しみながら不器用に生きる全ての読者に捧ぐ、「生き方」の訓練。

中島義道著
私の嫌いな10の人びと
日本人が好きな「いい人」のこんなところが嫌いだ！「戦う哲学者」が10のタイプの「善人」をバッサリと斬る、勇気ある抗議の書。

太宰治著
もの思う葦《あし》
初期の「もの思う葦」から死の直前の「如是我聞」まで、短い苛烈な生涯の中で綴られた機知と諧謔に富んだアフォリズム・エッセイ。

宮沢章夫著
牛への道
新聞、人名、言葉に関する考察から宇宙の真理に迫る。岸田賞作家が日常の不思議な現象の謎を解く奇想天外・抱腹絶倒のエッセイ集。

宮沢章夫著
わからなくなってきました
緊迫した野球中継で、アナウンサーは、なぜこう叫ぶのか。言葉の意外なツボを、小気味よくマッサージする脱力エッセイ、満載！

宮沢章夫著
よくわからないねじ
引出しの中の正体不明のねじはいつか役に立つのか?? 等々どーでもいい命題の数々に演劇界の鬼才が迫る、究極の脱力エッセイ集。

糸井重里監修
ほぼ日刊
イトイ新聞編
オトナ語の謎。
なるはや？ ごごいち？ カイシャ社会で密かに増殖していた未確認言語群を大発見！ 誰も教えてくれなかった社会人の新常識。

糸井重里監修
ほぼ日刊
イトイ新聞編
言いまつがい
「壁の上塗り」「理路騒然」。言っている本人は大マジメ。だから腹の底までとことん笑える。正しい日本語の反面教師がここにいた。

池谷裕二
糸井重里著
海馬
―脳は疲れない―
脳と記憶に関する、目からウロコの集中対談。「物忘れは老化のせいではない」「30歳から頭はよくなる」など、人間賛歌に満ちた一冊。

養老孟司著
脳のシワ
死、恋、幽霊、感情……今あなたが一番知りたいことについて、養老先生はこう考えます。解剖学者が解き明かす、見えない脳の世界。

養老孟司著
運のつき
好きなことだけやって死ね。「死、世間、人生」をずっと考え続けてきた養老先生の、とっても役に立つ言葉が一杯詰まっています。

養老孟司
宮崎　駿　著
虫眼とアニ眼
「一緒にいるだけで分かり合っている」間柄の二人が、作品を通して自然と人間を考え、若者への思いを語る。カラーイラスト多数。

池田清彦著
新しい生物学の教科書
もっと面白い生物の教科書を！　免疫や老化など生活に関わるテーマも盛り込み、生物学の概念や用語、最新の研究を分かり易く解説。

池田清彦著
他人と深く関わらずに生きるには
「濃厚なつき合いはしない」「心を込めないで働く」「ボランティアはしない」……。現代を乗り切る生き方、〝完全個人主義〟のススメ。

池田清彦著
正しく生きるとはどういうことか
道徳や倫理は意味がない。人が自由に、そして協調しながらより善く生きるための原理、システムを提案する、斬新な生き方の指針。

村上春樹著

螢・納屋を焼く・その他の短編

もう戻っては来ないあの時の、まなざし、語らい、想い、そして痛み。静閑なリリシズムと奇妙なユーモア感覚が交錯する短編7作。

村上春樹著

世界の終りとハードボイルド・ワンダーランド

谷崎潤一郎賞受賞（上・下）

老博士が〈私〉の意識の核に組み込んだ、ある思考回路。そこに隠された秘密を巡って同時進行する、幻想世界と冒険活劇の二つの物語。

村上春樹著

ねじまき鳥クロニクル

読売文学賞受賞（1～3）

'84年の世田谷の路地裏から'38年の満州蒙古国境、駅前のクリーニング店から意識の井戸の底まで、探索の年代記は開始される。

村上春樹著

神の子どもたちはみな踊る

一九九五年一月、地震はすべてを壊滅させた。そして二月、人々の内なる廃墟が静かに共振する――。深い闇の中に光を放つ六つの物語。

村上春樹著

海辺のカフカ（上・下）

田村カフカは15歳の日に家出した。姉と並んだ写真を持って。世界でいちばんタフな少年になるために。ベストセラー、待望の文庫化。

村上春樹著

東京奇譚集

奇譚＝それはありそうにない、でも真実の物語。都会の片隅で人々が迷い込んだ、偶然と驚きにみちた5つの不思議な世界！

山田詠美著

カンヴァスの柩《ひつぎ》

ガムランの音楽が鳴り響く南の島を旅する女ススと現地の画家ジャカの、狂おしいまでの情愛を激しくも瑞々しく描く表題作ほか2編。

山田詠美著

ひざまずいて足をお舐め

ストリップ小屋、SMクラブ……夜の世界をあっけらかんと遊泳しながら作家となった主人公ちかの世界を、本音で綴った虚構的自伝。

山田詠美著

ぼくは勉強ができない

勉強よりも、もっと素敵で大切なことがあると思うんだ。退屈な大人になんてなりたくない。17歳の秀美くんが元気溌剌な高校生小説。

山田詠美著

ベッドタイムアイズ・指の戯れ・ジェシーの背骨

文藝賞受賞

視線が交り、愛が始まった。クラブ歌手キムと黒人兵スプーン。狂おしい愛のかたちを描くデビュー作など、著者初期の輝かしい三編。

山田詠美著

蝶々の纏足・風葬の教室

平林たい子賞受賞

私の心を支配する美しき親友への反逆。教室の中で生贄となっていく転校生の復讐。少女が女に変身してゆく多感な思春期を描く3編。

山田詠美著

アニマル・ロジック

泉鏡花賞受賞

黒い肌の美しき野獣、ヤスミン。人間動物園、マンハッタンに棲息中。信じるものは、五感のせつなさ……。物語の奔流、一千枚の愉悦。

狂《きょう》人《じん》三《さん》歩《ぽ》手《て》前《まえ》

新潮文庫　な－33－7

平成二十一年二月一日 発行

著者　中《なか》島《じま》義《よし》道《みち》

発行者　佐藤隆信

発行所　株式会社 新潮社

郵便番号　一六二―八七一一
東京都新宿区矢来町七一
電話 編集部(〇三)三二六六―五四四〇
読者係(〇三)三二六六―五一一一
http://www.shinchosha.co.jp

価格はカバーに表示してあります。

乱丁・落丁本は、ご面倒ですが小社読者係宛ご送付ください。送料小社負担にてお取替えいたします。

印刷・大日本印刷株式会社　製本・加藤製本株式会社

ISBN978-4-10-146727-6 C0195